ELOGIOS PARA *MÁS ALLÁ*

"Una imponente obra de arte que recordará a los lectores que Alvarez está, y siempre ha estado, en un nivel inigualable".

—Elizabeth Acevedo, autora del bestseller del *New York Times*, *Poet X*, y ganadora del National Book Award

"Un retrato íntimo de una escritora inmigrante que ha enviudado y que hace aflorar la esperanza en medio del luto personal y político". —*O, The Oprah Magazine*

"Una novela divertida y conmovedora acerca del amor y la pérdida… Alvarez escribe con calidez sobre la relación entre hermanas y sus conflictos, pero también la manera única en que se apoyan las unas a las otras. En esta novela de corazón grande, los lazos familiares sanan el luto de una mujer". —*Kirkus Reviews*

"Una encantadora novela sobre inmigración, pérdida y amor".

—*Booklist*

"La reina está de vuelta con la novela que necesitamos en este momento. Un poderoso testimonio sobre la humanidad, escrito con audacia y autoridad".

—Luis Alberto Urrea, autor del bestseller *La casa de los ángeles rotos*

"Encantadora y sincera, *Más allá* explora las complejidades de la devoción familiar y la tragedia, con el trasfondo de un mundo en crisis, así como la forma en que luchamos por mantener la esperanza, la fe, la compasión y el amor. Esta es Julia Alvarez en su mejor y más íntima versión".

—Jonathan Santlofer, autor de *The Widower's Notebook*

"Desde siempre, Julia Alvarez ha demostrado que es sabia, además de divertida, y que tiene buen ojo para las alegrías y los pesares del amor y la familia. Ahora, en *Más allá*, aplica sus dones a la historia de Antonia, quien lucha por salir de la comodidad consoladora de la poesía y enfrentarse de nuevo a la floreciente confusión del mundo".

—Stewart O'Nan, autor de *Emily, Alone* and *Henry, Himself*

JULIA ALVAREZ
Más allá

JULIA ALVAREZ llegó a Estados Unidos desde República Dominicana en 1960, a la edad de diez años. Es autora de seis novelas, tres libros de no ficción, tres colecciones de poesía y once libros para niños y jóvenes lectores. Ha sido mentora de otros escritores en diferentes escuelas y comunidades de los Estados Unidos, y fue escritora residente en Middlebury College. Su trabajo ha sido reconocido internacionalmente. Alvarez fue nombrada Mujer del Año por *Latina Magazine*, y ha sido galardonada con el Latina Leader Award in Literature por el Congressional Hispanic Caucus Institute y el Hispanic Heritage Award in Literature, además de recibir la Medalla Nacional de las Artes de manos del presidente Barack Obama en 2013, en reconocimiento a su extraordinaria capacidad para contar historias.

Más allá

Más allá

UNA NOVELA

JULIA ALVAREZ

Traducción de Mercedes Guhl

VINTAGE ESPAÑOL

Una división de Penguin Random House LLC

Nueva York

PRIMERA EDICIÓN VINTAGE ESPAÑOL, SEPTIEMBRE 2020

Copyright de la traducción © 2020 por Mercedes Guhl

Todos los derechos reservados. Publicado en los Estados Unidos de América por Vintage Español, una división de Penguin Random House LLC, Nueva York, y distribuido en Canadá por Penguin Random House Canada Limited, Toronto. Originalmente publicado en inglés en los Estados Unidos bajo el título *Afterlife* por Algonquin Books of Chapel Hill, Carolina del Norte, en 2020. Copyright © 2020 por Julia Alvarez.

Vintage es una marca registrada y Vintage Español y su colofón son marcas de Penguin Random House LLC.

Mi gratitud a John Lanchester, por sus anotaciones con respecto al cambio climático; a Claudia Pierpont Roth, por sus planteamientos sobre el inglés de los afroamericanos; y a mi "Google Dominicano", Juan Tomás Tavares. Estoy muy agradecida con Roberto y Susan Veguez, el alguacil Don Keeler, Susan Randall, Nancy Stevens, Julia Doucet, Mike Kiernan, Misse Smith, Ceidy, Marlene, y las Gallinas. A Amy Gash, mi editora, le agradezco por su ojo hábil y agudo, su ayuda indispensable, su buen humor y su orientación. Gracias sobre todo a Stuart Bernstein, agente y ángel, por su apoyo en las buenas, en las malas, y en las peores; por su fe y su amor por los libros, que de tanto quererlos los transforma en algo mejor de lo que hubieran llegado a ser sin él. Y, como siempre, gracias a la Virgencita de la Altagracia, que me acompañó a lo largo de todas estas páginas y más allá.

Información de catalogación de publicaciones disponible en la Biblioteca del Congreso de los Estados Unidos

Vintage Español ISBN en tapa blanda: 978-0-593-08258-4
eBook ISBN: 978-0-593-08259-1

Para venta exclusiva en EE.UU., Canadá, Puerto Rico y Filipinas.

www.vintageespanol.com

Impreso en los Estados Unidos de América
10 9 8 7 6 5 4 3 2 1

Maury

Morimos con los moribundos:
mirad cómo se alejan mientras nos vamos con ellos.
Nacemos con los muertos:
mirad cómo regresan mientras nos traen con ellos.

—*Los cuatro cuartetos, Little Gidding*, T. S. Eliot

Prólogo

❧

FRAGMENTOS

Va a encontrarse con él / el lugar que escogen a menudo para ocasiones especiales / para celebrar que ella se retira de la universidad / el restaurante preferido / y la nueva vida que le aguarda / a media hora de camino de su casa / un pueblo en las montañas / a veinte, si acelera en una zona con límite de treinta millas / Esta noche parece más lógico / un punto intermedio / llegarán cada uno por su lado / pues ella regresa de su cita con el médico / ella llega primero / pues él viene de la casa / debía estar ya en el restaurante / empieza a llamarlo al celular / tras esperar diez, veinte minutos / no contesta / el enojo se convierte en preocupación / no hay por qué sorprenderse / siempre lo deja en el bolsillo de sus bluejeans de trabajo / el hospital, el 911, la policía / "¿Lo han visto?" / o apaga el volumen en el cine y luego se le olvida encenderlo de nuevo / "¿Podrían ayudarme a encontrarlo?" / Todavía ahora, meses después / "aproximadamente de seis pies, pelo ralo, ojos azul celeste" / cuando ella lo sabe muy bien / el atardecer se va volviendo noche / que él iba subiendo la montaña en el auto / y de repente una punzada de dolor / mientras pensaba qué iría a ordenar / justo en el costado izquierdo, pero irradiando hacia el resto del cuerpo / pensando en cómo estaría ella de ánimo / el plato del día, si es en realidad especial / si estaría emocionada o aterrorizada / o su favorito de siempre, el salmón en salsa de limón y eneldo / como una espada que le perforara el costado / pero cambiando las papas fritas por puré de papa, ya que allá no les importa hacer esos cambios / aunque ¿cómo sabría él qué se siente cuando una espada se le clava a uno en el costado? / por su formación en medicina entiende lo que está sucediendo / evitando causar mal a otros / declarado muerto al llegar al hospital / se olvida recargarlo y se le acaba la batería / Todavía ahora, apenas tres meses antes de que se cumpla el año / saliéndose de la carretera, rodando el carro despacio hasta que se detiene / cuando ella sabe exactamente lo que pasó / una cuneta que bien puede ser su tumba / lo descubrió un ciclista que circulaba por ahí y lo llevaron de prisa a Emergencias / la razón de su retraso / un aneurisma en la aorta / pues lo cremarán y no tendrá tumba como tal / ni él ni ella pudieron anticipar / ni siquiera ahora / "ojos azul celeste"/ y no puede entender cómo alguien a quien ella amaba / pasa y repasa esa noche en su mente / "¿Podrían ayudarme a encontrarlo?" / puede no ser más que polvo / mensajes sin leer, fragmentos, facturas pendientes, recuerdos / vidrios rotos, un parachoques golpeado / una nueva vida que le aguarda / asustada y emocionada a la vez / ¿cómo puede ser posible? / "¿Podrían ayudarme a encontrarlo?" / una nueva vida que le aguarda / "¿Podrían ayudarme a encontrarlo?" / continúa preguntando / "alto y de cabello escaso" / una nueva vida que le aguarda / "¿Podrían ayudarme a encontrarlo?" / un misterio que ella no puede resolver de ningún modo / sin embargo sigue preguntando / "¿Dónde estás?" / pues esta es la única manera que ella sabe / "¿Podrían ayudarme a encontrarlo?" / de crear una vida más allá para él /

1

Aquí hay dragones

HOY, EL IMÁN DE su refrigerador resulta ser profético: "A veces, hasta un animal de costumbres cae en la distracción".

Tú lo has dicho, anota Antonia. Acaba de servirse el jugo de naranja sobre el café que había en la taza que se llevó de un hotel de lujo. Debió haber sido una ocasión especial para que Sam hubiera decidido alojarse allí, y para que ella no se opusiera a semejante derroche.

Uno pensaría que te criaste en medio de una familia adinerada, le gustaba decirle en broma.

Nunca tuve dinero, por eso no me da miedo gastarlo, respondía Sam. Siempre había sido de respuestas rápidas y eso lo había metido en problemas con su papá en su juventud. *Being fresh*, se decía en esos tiempos. No seas fresco. ¡Las historias que le había contado!

Sam la mimaba en exceso, o lo intentaba, y ella le daba una reprimenda por sus mimos… pero era el tipo de reprimenda que le hacía saber que a ella más bien le agradaba que se desvivieran por atenderla.

Eso se terminó.

...

Antonia se apega a sus rutinas, sin salirse del camino estrecho que atraviesa el duelo, sin permitir que su mente divague. De vez en cuando toma pequeños sorbos de pena, temerosa de que la marea la pueda arrastrar... como las viudas que se lanzan a las piras en las que arden sus difuntos maridos, o las madres que saltan a las tumbas de sus criaturas. Ella ha enseñado esas historias.

"Hoy, como cualquier otro día, nos despertamos vacíos y atemorizados", cita para sí, mientras mira su imagen en el espejo en la mañana. Su adorado Rumi ya no le sirve para llenar el vacío.

Al final de las tardes, cuando el día se apaga, o en la cama en medio de la noche, a pesar de sus esfuerzos, se ve en el confín más remoto, allí donde, según los mapas antiguos, termina el mundo y más allá solo hay *terra incognita*, monstruos marinos, Leviatán... aquí hay dragones.

Son incontables las veces en que, sea de día o de noche, tiene que rescatarse de ese confín. Si no lo hace por ella, será por los demás: sus tres hermanas, unas cuantas tías ancianas, sobrinos y sobrinas. Su círculo solía ser más amplio, pero ha tenido que reducirlo para así contener los daños y seguir respirando.

Como suele decirle a su hermana Izzy, que vive en crisis permanente y que siempre llega a visitarla con bolsas de compra atiborradas de regalos y el corazón roto, lo mejor que puedes obsequiarles a tus seres queridos es velar por ti misma para no convertirte en una carga para ellos. Por eso no es de extrañar que el timbre telefónico que Izzy le asignó a Antonia sean campanas que llaman a misa.

Las demás hermanas la imitaron, y empezaron a usar ese tono de celular para Antonia. El secreto se propagó. El secreto siempre se propaga entre las hermanas. Nuestra Señora de las Epístolas, decía Mona a modo de explicación. La buena Mo-mo, la que no tenía ni un pelo en la lengua… una de las expresiones dominicanas de su mamá. Tilly era más bondadosa. Más o menos. Eso es porque empezaste a asistir a la iglesia de Sam. Así era como Tilly solía describir la religión de ellos, para evitar el término "cristiano". Ahora lo que evita es pronunciar el nombre de Sam. "Tu iglesia". Como si Antonia pudiera olvidar que Sam ya no está, a menos que alguien se lo recuerde.

La teoría de Sam para explicar lo de los timbres era que sus hermanas estaban celosas. Tantos años de enseñanza, tanta sabiduría. La cabeza llena de perlas.

Llena de m… *bullshit*, eso es lo que sus tres hermanas hubieran dicho.

¿Ahora quién irá a defender su manera de estar en el mundo?

Vacía el café estropeado y comienza de nuevo.

El pequeño teléfono que carga en el bolsillo empieza a sonar. Antonia no tiene timbres especiales para nadie, a excepción de Mona, que insistió en que el suyo fuera ladridos de perros. Y no de cualquier perro, sino de los cinco que ha rescatado de la calle, y que la propia Mona instaló en su teléfono.

La que llama hoy es Tilly. Hace unos días fue Mona. Izzy llama de vez en cuando. Son sus hermanas, que quieren saber cómo se encuentra. Tú la llamas hoy, yo me encargo de hacerlo el fin de semana. La frecuencia ha disminuido en los últimos meses, pero ha sido un detalle dulce.

¿Cómo estás?, preguntan. ¿Cómo vas?

Ven a verme, le dicen todas. Y saben que no aceptará la invitación de ninguna. Ella es la hermana que odia viajar, incluso en los mejores momentos.

Si vieras qué bonito está aquí, se jacta Tilly. ¿Por qué crees que le dicen *Heart*land? Porque te conquista el corazón.

Entre las dos hay una rivalidad permanente, Vermont o Illinois. ¿Dónde llega la primavera primero? ¿Dónde caen las peores nevadas?

Mientras habla con su hermana, Antonia oye entrechocar de platos en el fondo. Tilly no puede estar quieta. ¿Qué estás haciendo?, confronta a su hermana.

¿A qué te refieres con que qué estoy haciendo?

Ese ruido.

¿Qué ruido?

¡Se deslizan hacia el terreno de pelea con tanta facilidad! Cuando Tilly trae a Izzy a colación es casi un alivio. Estoy preocupada, dice Tilly. Izzy ha estado cada vez más imprevisible. Está vendiendo su casa en las afueras de Boston, o tal vez no, es imposible saberlo con certeza. Se queda a dormir en casa de amistades, en una habitación vacía, en un sofá, mientras remodelan su casa.

Pero, ¿la vas a vender o no?, tratan de razonar con ella.

Valdrá más dinero si está perfecta.

La perfección toma tiempo y, obviamente, dinero, que siempre ha sido algo que Izzy dice que no tiene. ¿Acaso no dejó la terapia porque dijo que le costaba demasiado? Pero tienes el seguro médico, ¿o no? Las hermanas de nuevo, el coro griego-dominicano en el que se convierten cuando alguna de ellas, por lo general Izzy, va directo a la perdición.

No quiero que una compañía de seguros se entere de que voy a terapia. ¡Una terapeuta que va a terapia! Acabaría con mi reputación profesional.

Según Mona, las naves se quemaron hace un tiempo y no hay vuelta atrás. Izzy ya no trabaja en el centro de terapia que ayudó a fundar. Ni siquiera Mona, diestra en las artes detectivescas, está segura de cómo llegó a ese punto.

Y también dejó de tomar los medicamentos que antes to-maba, dice Tilly. Mona dice que no se debe hacer eso con ese tipo de medicamentos. Tilly suspira, extrañamente callada, y luego dice que tuvieron una buena pelea. Esas dos, te lo digo.

Antonia se imagina a Tilly meneando la cabeza. Es raro que Izzy y Mona, las dos terapeutas de la familia, no puedan aprove-char sus habilidades profesionales para entenderse mejor. Tú lo has dicho, concuerda Antonia, para no agregar algo negativo que pueda ser citado y luego le llegue a cualquiera de las otras dos, y provoque más discusiones.

En todo caso, hermana, que se jodan. ¿Cómo estás tú?

Okey. El mantra que Antonia repite como contestación desde hace un año. En alguna parte leyó que *okey* y Coca-Cola son las palabras más comprendidas a nivel mundial. La deprime pensar que los lazos que nos unen a los demás sean tan débiles. Incluso el silencio sería mejor.

Pero silencio es lo único que recibe cuando le habla a Sam ahora. Qué no daría por oír su voz que le llegara desde la otra vida, asegurándole que está *okey*.

Roger, su vecino, llama a la puerta. Que si puedo ayudarle en algo, ofrece. Es un poco tarde para eso, piensa ella. Sam había muerto en junio. A lo mejor la noticia le llegó ahora… como la luz de las estrellas.

I'm good, le dice a Roger. Todo bien. Es una expresión to-mada de sus estudiantes. Siempre se ha sentido un poco farsante al repetir lo que les oye decir, cual cotorra, como hacía cuando aprendía inglés, insertando una expresión aquí o allá, fingiendo sentirse como pez en el agua en ellas. *Dream on*, como decía en su época de estudiante. Sueña.

Haciendo acarreos a Ferrisburgh. Aprovechar lo que venga. Paga las cuentas. Roger parece inclinarse por hablarle con oraciones a medias. Antonia tiene que poner lo que falta. Cada encuentro es como una tarea, un examen de esos en los que hay que llenar los espacios en blanco.

La gente les decía a las cuatro hermanas que chapurreaban el inglés, que fragmentaban el idioma. Ella había pegado los trozos rotos de ese inglés para terminar enseñándoles a los estadounidenses su propia lengua, durante cuatro décadas en total, tres de ellas en la universidad cercana.

¿Y ahora qué, ahora que está retirada?

Amanecerá y veremos, solía decir su madre. Qué será, será.

Llevo días queriendo pasar. Eso. Roger señala con un movimiento de la cabeza el tubo que corre justo debajo del borde del tejado alrededor de la casa, lleno de hojas y ramitas. Lo que cae al tejado. Se acumula.

Pensaba que eran nidos, dice Antonia, riendo. Por supuesto que no, no fue eso lo que pensó, pero Roger parece disfrutar tanto de sacarse el clavo y demostrarles a esos sabelotodos que son los profesores de la universidad lo poco que saben. Permitírselo es una de sus maneras de ser buena vecina. Dejarlo decir la última palabra... la mayoría de las veces daba resultado con Sam.

De hecho, Antonia no sabe cómo poner a funcionar la mitad de los aparatos de la casa. Todos esos sistemas de tecnología de vanguardia y total eficiencia energética eran el orgullo de Sam. Es como pilotear un 747, le decía cada vez que él trataba de explicarle cómo funcionaban las palancas y manijas de los controles de la calefacción.

¡Y te dices feminista!, suele señalar su hermana Mona. El tono que Mona tiene para las llamadas suena a ciencia ficción. El mundo está loco, insiste su hermana menor. No, es "el mundo es feo / y la gente es triste", se siente tentada a corregir Antonia, citando de un poema de Wallace Stevens que solía enseñar en sus clases. Pero jamás le ha surtido efecto eso de tratar a sus hermanas de la misma manera que a sus estudiantes. Me importa un comino quién lo dijo, le ha contestado Tilly más de una vez en el pasado.

Mandaré a que se las limpien, ofrece Roger. Una frase completa, su manera de ser buen vecino, en lugar de una nota de condolencia.

Un rato después, esa misma mañana, vuelven a llamar a la puerta. Antonia se asoma por la mirilla, un nuevo hábito que parece que no dejará ahora que vive sola. Solo alcanza a distinguir una cabeza poblada de pelo negro brillante. Es Mario, uno de los trabajadores mexicanos de al lado. Le abre a ese hombre con estatura de niño con esa piel morena tan poco frecuente en el pálido Vermont. Tampoco es usual que Antonia se sienta alta en este país. Por un instante comprende la confianza en sí mismos que experimentan quienes pueden mirar a los demás desde arriba. Eso es lo que se gana con buena nutrición y atención de salud.

Mario no parece tener la edad necesaria para encargarse del ordeño en la finca de al lado. Roger debe estar infringiendo las leyes que prohíben el trabajo infantil. Pero tal vez tiene problemas mayores. Por ejemplo, el estatus migratorio de los trabajadores de su granja.

Hola, doñita. Ya se conocen. Poco después de su llegada, meses antes, Mario se cortó la mano con una sierra que no sabía usar. Sangre a chorros y Roger temeroso de llevarlo al hospital, donde el personal de emergencia podía llamar a la oficina del ICE, el organismo encargado del control de migración. En lugar de eso, Roger acudió a ella. ¿No estaba enterado de la muerte de Sam? Yo no soy doctora, le recordó a su vecino.

El asunto no es la herida. Háblele. Tranquilícelo, había explicado Roger. Es un pueblo pequeño. Todo el mundo sabe que la esposa del doctor Sawyer es española.

En realidad, no soy española de España, solía corregirlos ella. Pero ya se había dado por vencida a la hora de explicar los complejos matices coloniales de su etnicidad. Poco después de casarse con Sam, uno de sus pacientes más ancianos la interceptó en la tienda de abarrotes y le preguntó si el doctor la había traído de regreso de alguno de los viajes que hacía como cirujano voluntario, que siempre eran noticia en el periódico local. El doctor Sawyer salvaba al mundo en México, Panamá, la India, la Dominicana, recortando en forma molesta el nombre de su país. También se había dado por vencida a la hora de corregir eso.

Hola, Mario. ¿Qué pasa?

El patrón, contesta Mario, señalando con un movimiento de cabeza la destartalada granja de al lado. Dice que usted necesita ayuda.

Sí, por favor. Sale para pararse en el camino de entrada. La escalera ya está recostada contra la casa. No se ve ni carro ni camioneta que la trajera. Ella no oyó ningún motor. ¿La habría llevado cargada a través del pastizal? Debe tener por lo menos tres veces su estatura. *Rain gutters*, le dice ella, señalando al tejado. Usa la palabra en inglés, no con ánimo pedagógico, sino porque no sabe cómo se les dice en español a esos tubos que recogen lo que se acumula en el tejado.

Hay que limpiarlos, explica. Mi marido... él se encargaba. No encuentra el valor para decir que Sam está muerto.

Mario se quita la gorra y la sostiene contra su pecho. Mi sentido pésame, doñita.

A Antonia se le inundan los ojos de lágrimas. Por alguna razón, las condolencias le llegan más en español. Las raíces son más profundas. En sorbos pequeños, se dice, y con un gesto apunta al tubo bajo el tejado. Avísame cuando termines, ¿*okey*? Planea pagarle por su labor.

Okey, contesta él, la palabra universal. Pero en lugar de dirigirse a cumplir con su trabajo, se queda de pie ante ella, a lo mejor buscando otra palabra universal.

¿Se te ofrece otra cosa, Mario?

Bueno, doñita, titubea, enseñándole una sonrisa deslumbrante, aunque la dentadura da lástima. Igual que en la República Dominicana, donde a los pobres les faltan piezas dentales y tienen raíces podridas. Toda esa azúcar procesada. Todos tomando Coca-Cola en lugar de los jugos naturales de las frutas tropicales que abundan alrededor. Sí, Mona, "el mundo es feo / y la gente es triste". Su cerebro está lleno de citas, el pizarrón nunca se borra del todo, y siempre queda la sensación de estar plagiando la sabiduría ajena.

Mario quiere pedirle un favor. ¿A lo mejor, cuando termine, la doñita podría ayudarle a llamar a su novia?

Antonia siente un amago de irritación. ¿Acaso no se merece un periodo de gracia tras una pérdida como la suya? No tiene energía para nada más. En español se habla de "duelo", que viene de la misma raíz que dolor, un dolor que magulla todo el cuerpo. Más que nadie, Mario debería saberlo. En las culturas de ambos, a una persona en duelo no se le molesta.

La necesidad no entiende de temporadas, diría Sam. A regañadientes, Antonia le dice al joven que está bien.

Mario tiene una pregunta más. ¿Dónde van a poner sus huevos los pájaros, doñita?

A ella le toma un instante comprender. No son nidos, le explica. Es *trash*, basura. Un nido nace de una intención. Esa es la diferencia entre un hogar y un refugio. ¿Cuál de esas dos cosas es su casa tras la partida de Sam? ¿Un hogar o un refugio? Ojalá aún pudiera preguntarles a sus estudiantes. Ahora está sola con su profunda necesidad de dar con la palabra adecuada.

Durante toda la mañana lo observa desde una ventana y luego otra. A lo mejor se está tardando a propósito para no tener que volver a su trabajo de la granja. O quizás está calculando el tiempo para terminar justo cuando sea el momento oportuno para llamar a su novia en México. Mi novia, dijo, que es algo más que una *girlfriend*. Su prometida. ¿Qué hora es en México ahora?

Ella no lo supervisa, no, más bien se asegura de que no se vaya a caer. ¿Y si llegara a caerse? ¿Será cosa de pedir ayuda al 911? ¿O de llevarlo al hospital? Mejor al Open Door, un centro de salud que hace honor a su nombre, pues el personal, compuesto casi todo por voluntarios, no discrimina a los pobres, los indocumentados, todos bienvenidos sin más preguntas. Antes de la muerte de Sam, ella solía ir a brindarse como traductora voluntaria para los migrantes. Claro, si era algo serio, en el centro de salud lo mandarían al hospital, donde se cuidan más de los asuntos legales. Allá podrían notificarle al alguacil, que llegaría a toda prisa a Emergencias, con sirenas y luces. O le preguntarían si tiene seguro médico, mientras está tendido en la camilla, desangrándose hasta morir. ¿A quién se le permite el acceso a los servicios de salud? Cobertura universal, solía insistir Sam. Podía echar a perder una cena defendiendo con fervor su ideal. ¿Cómo podemos considerarnos civilizados y negarle el acceso a los servicios de salud a aquellos que no tienen cómo pagarlos? Lo habían invitado a varios programas de televisión locales y a paneles académicos de discusión. Algunos de sus colegas en el hospital empezaron a evitarlo. Pero los médicos más jóvenes, en especial las doctoras, lo consideraban su mentor.

Por supuesto que Antonia estaba de acuerdo con él, aunque le dejaba la tarea de argumentar razones. Todavía, mucho después de haber inmigrado de niña, sigue sintiendo este país como de "ellos" y no suyo. No está en posición de terciar en sus asuntos. Además, Sam era mejor para discutir, apegándose al tema y sin que le asomaran lágrimas a los ojos ni se le trabara la lengua cuando alguien se oponía a sus razones. Con los años, sus opiniones llegaron a coincidir en gran medida. Ella podía saber qué pensaba él con solo mirarlo a la cara, o a partir del tono de su voz cuando hablaba por teléfono en otra habitación. Era grato haber llegado a ese punto con alguien, donde uno ya no tiene que preguntar. Ahora reina un silencio diferente. La radio permanece encendida todo el tiempo. Toma nota mentalmente de aumentar el monto de su contribución a la radiodifusora pública de Vermont en su próximo pago.

Sale a recoger la correspondencia y ve la patrulla del alguacil que se acerca despacio por el camino a su casa. De inmediato se pone alerta, será una reacción instintiva, como cuando una ve una avispa cerca. Repasa una lista mentalmente. ¿Habrá hecho algo indebido? En primer lugar en la lista estaría el joven moreno que está limpiando las canaletas. Pero Mario ya está en la parte trasera de la casa, al fin. Antonia levanta una mano para saludar, como si nada. "Uno puede sonreír, y sonreír, y ser un villano". ¿Acaso el alguacil podría reconocer esa cita de *Hamlet*? La mayor parte de los agentes del orden son jóvenes de la zona, cuyas granjas han quebrado. Muchos ni siquiera terminaron el bachillerato, pensando que acabarían dedicados a la granja familiar. Además, tal como solía recordarle Sam con una risita divertida, no todo el mundo anda por ahí con un grupo de personajes famosos hablándole en la mente.

Una vez en la casa, corre a la parte de atrás, abriendo la puerta corrediza de vidrio de la sala. Ven, ven acá, lo llama en español. ¡Rápido, rápido! ¡La migra!, agrega para que se apure. Y surte efecto. Mario se baja a toda prisa de la escalera, tan veloz que se salta un travesaño y corre hacia ella, todavía con un puñado de hojas entre los dedos.

Ella lo hace entrar de prisa, y le señala una silla en un rincón, fuera de la vista desde cualquiera de las ventanas. "Dar albergue a un fugitivo", la frase le pasa por la cabeza. Sin duda alguna, es lo que Sam hubiera hecho. Él era el osado. Ella, la activista a regañadientes, aunque todo el mundo suponía que era ella la más política, en virtud de su filiación étnica, como si el hecho de ser latina automáticamente le prestara cierta postura radical.

Mario recorre con la vista el cuarto, asustado. ¿Pensará que Antonia le ha tendido una trampa? Alguien llama a la puerta. ¿Quién podrá ser? Tranquilo, quédate aquí, lejos de las ventanas. En la entrada, la camioneta de UPS ya va arrancando. El libro que pidió por correo y que se supone que le ayudará con el duelo yace sobre la alfombrita de bienvenida. Antonia revisa el camino una vez más: la patrulla del alguacil se ha detenido en donde Roger. ¡Qué bien que Mario esté con ella! Pero, entonces estará José, el compañero de Mario, tal vez limpiando los establos o mezclando el alimento del ganado o, si está en un momento de descanso, a lo mejor estará dormitando u oyendo sus cintas de música mexicana en el remolque detrás de la granja.

Mientras Antonia observa, el alguacil vuelve a subirse a la patrulla y sigue por la carretera, doblando a la derecha en el ramal, hacia el ruidoso puente en donde hay un espacio para estacionarse. Debe ser su hora de almuerzo, que llevará en una neverita a su lado, o tal vez esté con alguien a quien no puede invitar a casa. Antonia ha oído que es divorciado y vive con su madre.

Años atrás, Mona los había convencido, a Sam y a ella, de que hicieran una donación anual al fondo de la comisaría local. Luego les mandan una calcomanía, explicó. Y la ponen en el vidrio del carro. Y con eso, les prometo que nunca más les volverán a poner una multa.

Muy lista, su hermanita Mo-mo. Pero Sam tenía sus reservas. Ha de ser otra de las teorías de tu hermana. Probemos por un año, le dijo Antonia. Convencido de que era un error, Sam pegó la calcomanía en el Subaru.

Eso había sido cinco años atrás. Desde entonces, no les habían puesto ni una multa. A veces otras personas pueden tener la razón, le recordó ella. Al decir "otras personas" se refería a sus hermanas, a sí misma.

Jamás dije que no fuera así. Era muy rápido con sus respuestas, y tenía razón, incluso con respecto a no tenerla siempre.

Roger viene a recoger a Mario. ¿Qué se puso a hacer? ¿Está instalando un nuevo tejado, o qué?

Ella asume la culpa. Lo hizo entrar. El alguacil andaba al acecho.

Pasó por mi casa también, preguntando cómo iba todo. Alguien se fue de la lengua. Roger la mira fijamente, así que ella siente que tiene que recalcar que no le ha dicho nada a nadie. ¿Por qué iba a poner en riesgo a alguien como ella?

Roger se encoge de hombros. Un gesto que abarca a todo su género. Mujeres. Todo el tiempo hablando. Hablan mientras las peinan; mientras esperan en la fila de la tienda de comestibles; hablan cuando pasan a recoger el pavo para la cena de Acción de Gracias en el puesto de venta que él monta junto a la carretera.

Está en la sala, dice Antonia, haciéndose a un lado para que Roger pueda entrar, mientras le mira las botas embarradas. Piensa si debía pedirle que se las quitara, ya que parece no haber captado la insinuación que plantean los zapatos alineados bajo los ganchos del perchero en el vestíbulo. ¡Sería como pedirle que se desvistiera! No hay manera de que ese curtido granjero de Vermont vaya a andar por la casa en medias.

Mario no está en la sala, donde ella lo dejó, pero hay un puñado de hojas sobre el asiento del rincón.

¡Mario!, lo llama. Es el patrón. A Roger le explica que tal vez se asustó. Le dije que era la migra.

Roger suelta un sonoro suspiro. Estas mujeres tan exageradas. ¡Mario!, lo llama con voz autoritaria. Ambos oyen pisadas que se acercan por el pasillo. Otro que no se quitó los zapatos.

Pero lo que le molesta a ella es que Mario se haya tomado la libertad de ir hacia el área de las habitaciones, que es la parte privada de la casa.

¿Tomarse la libertad, dijiste? La hubiera cuestionado Sam. ¿Qué quiere decir eso de tomarse la libertad cuando te enfrentas a la deportación?

Me agarró el miedo, dice Mario, como si el propio miedo lo hubiera alcanzado con sus manos. Como solía decir ella en sus clases, la personificación no es solo un fenómeno literario. La literatura debe ejercer su propia influencia en el mundo real, si no, no nos sirve de nada. No solo Sam podía acabar profundamente agitado en las cenas. Mario se sujeta los brazos, tal vez para evitar el temblor que lo recorre. La pulsera de hilo rojo que usa como talismán en la mano izquierda cuelga desanudada. Buena suerte y protección, le explicó él entre muecas de dolor mientras ella le vendaba la herida de la sierra. De mucho te sirvió, pensó ella, sin decirlo, concentrada en prestarle primeros auxilios, tal como había aprendido de Sam con los años. Había sentido una oleada de ternura en ese momento, y ahora también, al ver a este niño-hombre que cree que es capaz de domar dragones con una tira trenzada de hilo rojo. Aunque no es muy distinto de lo que hace ella con su provisión de saludables citas literarias. Tranquilo, tranquilo, lo calma. Estamos en Vermont. Aquí no se tortura a los prisioneros. Él la mira, y no parece muy convencido. El mundo está loco. Quién sabe qué puede llegar a hacer la gente enojada.

Tal vez sería bueno que esperara un poco para llevárselo, le aconseja a Roger. Si no lo necesita ahora mismo, a mí me serviría su ayuda para unas cuantas cosas. Hay que lavar las ventanas, sacar del cobertizo los muebles del jardín. Elabora una lista de tareas improvisadas para aplazar su partida. Más vale no decir nada de la llamada prometida.

Roger pone mala cara, mirándolos a los dos de arriba abajo,

seguramente pensando que traman algo. *Okey*, pero necesito llevarme la escalera. Roger sale por la puerta del frente y, poco después, su camioneta se mete al patio de atrás, donde ella está esperando junto con Mario. Una vez que los dos hombres cargan la escalera en la camioneta, Roger apunta a su muñeca izquierda, al lugar en el que llevaría el reloj, si usara alguno. Deberás estar de regreso para el ordeño de la tarde.

Sí, patrón, sí, responde Mario en español, con una voz tan sumisa que a Antonia le duele oírla.

Roger se aleja, con la escalera asomando fuera de la cama de su camioneta. Antonia nota la tira de plástico rojo atada a un extremo para alertar a los demás carros de que lleva carga que excede el tamaño del vehículo.

Mario se saca la billetera del bolsillo trasero del pantalón. Tiene un monograma: RL, ¿Ralph Lauren? Una marca lujosa para un hombre pobre, pero sucede que la mayoría de estas marcas tienen versiones piratas, imitaciones baratas que venden migrantes con gorras de lana en las calles de las grandes ciudades, anunciando su mercancía con acento de Haití, de México, de Etiopía y de otros países que ella no sabe dónde ubicar en el mapa. Burkina Faso fue el último que la tomó por sorpresa. Recuérdame dónde queda, le pidió a Sam, como si lo hubiera olvidado por unos momentos. No quería que él la molestara por una deficiencia más de su educación primaria dominicana, agregando su precario sentido de la geografía a sus deplorables habilidades matemáticas. Sam no la dejaba ni cuadrar la chequera.

En uno de los compartimentos de la billetera de Mario hay un gastado trozo de papel. Está a punto de desintegrarse de tanto doblarse y desdoblarse. Mario se lo tiende. Dice "Estela", con una letra tosca, y luego un código de área y un número de teléfono. ¿Eso es todo?, pregunta ella y él asiente. Pensé que para llamar a México se necesitaban más números. Sí, así es, pero no está en México, sino en Colorado. Por su manera de pronunciarlo, parece el nombre de un estado mexicano. Pero no, su novia ya cruzó la frontera. Ha tenido algunos problemas para que la dejen irse por su cuenta. Los coyotes se han negado a subirla a un autobús rumbo a Burlington.

¿Un autobús para atravesar el país ella sola?, le pregunta Antonia. ¿Habla inglés? ¿Tiene pasaporte? ¿Qué pasa si se la llevan presa? Más aún, ¿viene con la aprobación de sus padres? ¿El patrón ya lo sabe?

La novia no habla inglés. No tiene pasaporte. No tiene más que a su madre y sus hermanas menores. El padre murió y no tiene hermanos que la defiendan. Los coyotes la traerían hasta la propia puerta por una cantidad de dinero que Mario no tiene. Muchos han hecho el viaje sin problemas en el autobús. Mario responde a todas las preguntas de la doñita sin inconvenientes. Pero luego llega a un punto y aparte. Aquí está su dragón: el patrón. El señor Roger es un hombre de corazón duro, explica Mario, y la mira para ver si ella está de acuerdo, antes de responder y admitir que el patrón no sabe que la novia de Mario está por llegarle a la puerta de la casa para vivir con él.

Antonia mira su rostro juvenil, los pómulos prominentes, los rasgos definidos. Dieciocho, le dijo, la misma edad que sus estudiantes de primer año en la universidad. Pero, aunque tiene el cuerpo grácil de un muchacho, los ojos de Mario son los de un alma vieja, con el iris café que llena casi por completo la órbita, dejando apenas un fino borde blanco a la vista, como el sol antes de un eclipse total. Si la sigue mirando así, ¿acaso va a quedar ciega? Y a pesar de su corta estatura, Mario podría matarla, de un tajo en la garganta. Esa idea inquietante la toma por sorpresa. En esta vida después de Sam, le sucede cada vez con más frecuencia que las cosas que antes no representaban peligros, ahora sí resultan potencialmente peligrosas. No es de extrañar que todas las religiones recomienden cuidar a las viudas. Viudas. ¡Qué palabra! Amiga, novia, esposa, viuda.

¿Qué le vas a decir al patrón?

Mario baja la cabeza cual niño arrepentido. ¿Será que la doñita puede ayudarle con eso?

¿Y por qué iba a escucharme a mí el patrón? Escasamente lo conozco. Somos vecinos, nada más. Antonia detecta la voz de regaño de su madre brotar de su boca. No quiere hacerle reproches, que ya está bastante preocupado. Pero no puede evitarlo, es como un impulso agresivo de seguir atacando sin importar que la víctima ya haya caído. Y si le pregunto al patrón y dice que no, ¿qué vas a hacer entonces?

No hace falta que Mario responda, porque lo que está pensando lo tiene pintado en la cara. Ya ha visto esta parte de la casa con sus tres habitaciones: el estudio de ella, el dormitorio principal y uno para huéspedes. ¿A lo mejor eso es lo que estaba haciendo cuando se tomó la libertad de explorar, buscar alojamiento para su novia?

¿Hay algo más que necesites?, Antonia cometió el error de preguntar. En circunstancias similares, ¿no llegaría ella a pedir lo mismo? Era una pregunta como para Sam. Si un día volvía a ir a una cena, no a las cenas obligadas a las que la habían estado invitando amigos y familiares, sino una por voluntad propia, con una buena charla vivaz, entonces lanzaría la pregunta. ¿A quién le pedimos ayuda cuando ya nos hemos quedado sin más opciones?

Le entrega el teléfono a Mario y sale de la habitación, no solo por respetar la privacidad de él. No puede soportar el oír las voces alegres de los enamorados que vuelven a comunicarse.

Doñita, la llama Mario, hacia el área de habitaciones cuando ella ya ha desaparecido. Mi novia quiere darle las gracias.

¿Darle las gracias por qué? Antonia no se ha comprometido a nada de nada. Pero ¿cómo va a negarse a hablar con la joven? ¿Qué es lo mínimo que uno le debe a otra persona? Otra pregunta para una cena.

Doñita, muchísimas gracias. La joven se oye tímida, asustada, su voz es apenas más audible que un susurro. Y, a pesar de eso, ha tenido las agallas de hacer el arriesgado viaje hacia el norte desde el extremo sur de México, de donde Mario le ha dicho que procede él, a través de todo el país, para cruzar la frontera, atravesar el desierto, enfrentarse a la migra, a traficantes de dudosa reputación, a compañeros de viaje. Todos los dragones.

Gracias, gracias, no deja de decir la joven. Su gratitud es difícil de soportar. No hay de qué, responde Antonia, una expresión más acertada que la misma contestación usual en inglés: *you are welcome*, adelante, no es molestia. Pero ella no ha hecho nada por lo cual haya que agradecerle.

Se pregunta si debe mandar a Mario de regreso a través del pastizal de atrás de su casa, junto a la hilera de árboles, a cubierto de las miradas desde la carretera. Eso podría darle a entender a él que no está dispuesta a que le pidan más favores, como arreglar los detalles del boleto de autobús, recoger a Estela en Burlington y conseguirle ropa de invierno.

Pero Antonia termina por ceder, como le sucedió siempre con Sam, el policía bueno, que parece estar resucitando en ella. Una parte de nosotros desaparece cuando nos deja un ser querido, ahora lo sabe bien, pero luego de un tiempo, los que nos dejan regresan, y nos traen con ellos de vuelta. Entonces, ¿a esto se reduce la vida después de la muerte? ¿A que quienes amaron a Sam se vean inclinados a hacer actos inspirados por él?

Lleva a Mario a la granja y una vez allá decide dar el paso y terminar de una vez con eso. Golpea la puerta trasera de donde Roger, pues nunca ha visto que nadie entre ni salga por la puerta del frente en los treinta años que ha vivido en este lugar. Este no responde, y Antonia siente alivio. Ya ha cumplido con su parte.

Mario la espera junto al carro. También se ve aliviado. Tal vez sea mejor que la doñita hable con el patrón una vez que la novia llegue…

¿Y dónde la vas a meter si te dice que no?, le pregunta ella, enojada.

En ese momento, Roger sale del establo. También se ve molesto. A lo mejor se peleó con una de las vacas, o una vieja pieza de maquinaria se estropeó, o José la rompió, o… ¿acaso necesita tener una razón? Siempre parece de mal humor. El típico viejo granjero de Vermont. Tal vez facilita las cosas eso de poder encasillar a alguien con una etiqueta o un tono de llamada. ¿En dónde encajaría Sam? En dónde *hubiera encajado*, debe corregirse. ¿Y ella? ¿La viuda inconsolable? ¿La quejumbrosa? ¿La viuda sabia? ¿Qué tipo de viuda quiere ser?

Antes de que acabe de explicar la petición de Mario, Roger ya está haciendo gestos de negativa. No, dice, N-O, la misma palabra en inglés y en español. Roger le lanza a Mario una mirada fulminante, y el otro da un paso atrás, como si el fuego que lo calienta de repente se hubiera avivado y una llamarada pudiera quemarlo.

Ya tiene suficientes problemas con esos dos. Más vale que este empiece a empacar sus cosas.

No hace falta que le traduzca esto a Mario. Lo que dice Roger es muy claro. El patrón es un hombre de corazón duro, dijo el mismo Mario.

Pero la amiga ya viene en camino, suplica Antonia.

Es problema de él y no mío, dice Roger, con la cara colorada. No te di permiso, le grita a Mario, que se encoge de miedo. A Roger se le ensanchan las fosas nasales, se inclina hacia delante, con la frente baja, como un toro que busca la roja capa. Entonces se le pasa por la cabeza a Antonia que las personas a veces se parecen a ciertos animales. Si Roger no se calma, va a terminar sufriendo un ataque al corazón. ¿Qué tal que Antonia tenga que terminar llevándolo a Emergencias? ¿Desde cuándo se ha vuelto la vida tan difícil? ¿Fue antes o después de la muerte de Sam?

Roger marcha hacia el remolque, pisando fuerte. ¿Qué estará planeando hacer? ¿Sacar todas las cosas de Mario y tirarlas afuera?

Dígale al patrón que voy a buscarle otro sitio, le pide Mario. Por favor.

¡Roger!, lo llama Antonia, y como no se detiene, corre tras él. Mario va a buscarle otro sitio donde quedarse.

Roger se da la vuelta, midiéndola con la mirada, por si se trae algún truco. ¿Y dónde la va a meter? ¿En su casa?

Es el turno de Antonia de negar con la cabeza. No puedo hacerme cargo de algo así en este momento. Ya tengo suficientes problemas.

Roger la mira, con ojitos malvados hundidos en cuencas hinchadas, como los de los cerdos que engorda para matarlos y venderlos en su puesto de la carretera. Hay gente que viene desde la ciudad a comprar la tocineta y las chuletas, el pavo de Acción de Gracias, los huevos que no puede vender como orgánicos porque tendría que pagarle a una compañía para que hiciera una investigación y certificara que efectivamente lo son.

Ustedes son los que se la pasan diciendo que todos son bienvenidos. Roger la señala. Debe referirse a Sam. Años atrás,

Roger había puesto un letrero junto a su buzón, *"Take Back Vermont"*... Hagamos que Vermont sea nuestro de nuevo. De nada sirve señalar la ironía, ahora contrata mexicanos. Las personas caen en paradojas cuando su bolsillo se ve afectado. Sam había respondido con su propio letrero, un juego de palabras en el que cambió solo una: *"Take Vermont Forward"*... Hagamos progresar a Vermont. Sobra decir que los dos vecinos no se soportaban uno a otro.

El doctor Sawyer siempre fue de buen corazón, sale Roger a acusar a Sam.

Antonia siente que la furia crece en su interior. Este tipo no tiene el menor sentido de delicadeza. ¿Tal vez nadie le dijo que Sam murió de un aneurisma en la aorta? A pesar de sus esfuerzos, la ola la alcanza, la furia se transforma en lágrimas, sollozos que parten el alma de alguien que ha estado conteniendo su tristeza y sus miedos durante meses. Los dos, Roger y Mario, van hacia ella, uno por cada brazo, como si estuviera demasiado débil para mantenerse en pie.

No hay necesidad de lloriquear, dice el granjero con aspereza. La joven puede quedarse. Una semana, como mucho. Una semana no más, agrega, cuando a ella se le ilumina la cara de alivio. Roger frunce el ceño, agotado con el esfuerzo de haber extraído ese gesto amable del fondo de su ser. Es un milagro que esos sentimientos pervivan en su corazón endurecido. Lo cual demuestra que Roger no es exactamente lo que pensábamos, habrían comentado ella o Sam más tarde.

Veremos. Qué será, será. Otra vez Mami. ¿Será que ahora van a resucitar todos los difuntos?

De vuelta en su casa, encuentra un mensaje en la contestadora. Doñita, por favor dígale a Mario que el coyote pide más dinero para soltarme. La voz de la joven se oye temblorosa. Y luego un hombre dice a gritos: Si quieres que soltemos a tu novia, más te vale que nos mandes lo que nos debes.

Antonia marca ese número una y otra vez, pero nadie contesta.

¿Ahora qué? ¿Regresa a la granja a contarle a Mario? ¿Acaso no dijo que todo estaba ya pagado menos el boleto de autobús? A lo mejor los coyotes están molestos porque Mario no quiso el paquete completo puerta-a-puerta. ¿Quién sabe? Mario, Estela, José… todos viven en la tierra de los dragones, una tierra de nadie, más allá de las comunidades cercadas de quienes sí pertenecen.

Dejemos las cosas así y no nos metamos en más honduras. Antonia ya hizo todo lo que podía. Pero al acostarse a dormir, la inquieta y a la vez la irrita pensar en Sam, más que nada, por haberla dejado sola a la hora de pelear por las cosas en las que ambos creían.

Si quieres que me convierta en una mejor persona, vuelve y ven a ayudarme, le dice a la oscuridad de su cuarto. Busca con ojos de águila el menor indicio de algo. El aparato que recircula el aire zumba al ponerse en funcionamiento. Las luces exteriores se encienden, puede ver el resplandor desde la ventana del dormitorio. Sam hizo instalar esas luces con sensor de movimiento, pensando que así evitaría que los venados se metieran en su huerta. Pero son impulsivas, demasiado sensibles, y basta con que una ardilla pase a la carrera para que se enciendan, o que el viento del norte sople con fuerza. La vuelven loca. Le hacen preocuparse a cada momento, preguntándose si será un intruso. Y más ahora. En los campos que rodean su casa, los perros salvajes han empezado a aullar. El ruido es inquietante, aunque no sobrenatural, pues forma parte de la naturaleza.

¿Hay algo más que necesites?, le había preguntado a Mario. Una pregunta de rigor en los círculos en los que ella se mueve, pero en algunas partes del mundo, sobre todo entre los más necesitados, todo lo que otros tiran se recicla, se vuelve a usar. Las luces se encienden una y otra vez. Luego se apagan. Mañana, que en realidad ya es hoy, llamará al electricista que las instaló para que las quite. Quiere luces exteriores que pueda encender y apagar ella misma. El mundo está loco, pero no hace falta que nos alerte cada vez que un dragón se acerca.

2

✵

¿Dónde queda Burkina Faso?

ESPERA A QUE SE encienda una luz en el remolque. Mario y José se están levantando para el primer ordeño del día. Y pensar que esto sucede todas las mañanas, al margen de que ella tenga insomnio o no para notarlo.

¿No serviría para un libro increíble? Se lo había dicho varias veces a Sam. Capítulos breves sobre las personas que hacen que el mundo siga girando. Personas invisibles de las que ni siquiera sabemos.

¿Invisibles para quién?, Sam tenía una manera de preguntar que siempre la obligaba a pararse en seco.

Sería un libro increíble, estuvo de acuerdo una vez que ella le explicó bien.

Antonia tiene un montón de ideas de este tipo, guardadas en una caja de zapatos que solía tener en su oficina de la universidad. Para los estudiantes que decían no tener nada sobre qué escribir. Toma, saca una de aquí, les ofrecía. Los echa de menos… el acceso a la juventud. Es otra de las desventajas de no haber tenido hijos, cosa que, leyó hace poco, ya no es políticamente correcto señalar. "Adulto sin descendencia" no implica tantos juicios de valor. Una antigua colega de la universidad se definía como "madre sin hijos". Quizás haya otras personas que comparten esa intensa necesidad suya de dar con la palabra precisa. ¿Y qué pasa si las palabras precisas de una persona a ella le suenan inadecuadas?

¿Será esto lo que le sucede a la imaginación con la vejez? ¿Se vuelve como una de esas viejitas acumuladoras y recoge todo tipo de grandes ideas, o tal vez como un collar reventado, con las cuentas dispersas por todas partes? Años más tarde, encuentra la pieza suelta, una cuenta azul brillante con un agujero en el medio. ¿De dónde habrá salido? Una pieza suelta que hizo que otra cosa quedara incompleta. Además de la caja de zapatos para las ideas, Antonia tiene una lata para guardar esos hallazgos. Con el paso de los años el objeto al cual pertenecía la pieza suelta aparecerá y ella podrá componerlo con esa parte perdida, de manera que el objeto vuelva a estar completo.

¿Será posible que a esto se reduzca la vida futura? ¿A una eternidad de recordar y recomponer? Es tu turno, Sam. Le habla en su mente. Siempre te gustó ser el que más sabía. Pero la vida después de la muerte lo ha cambiado. Ya no parece interesarle ser quien tiene la última palabra.

Decide ir a pie hasta la granja vecina. Si va en carro, Roger oirá el motor y saldrá a hacer preguntas. Y si llega a oler problemas, revocará la semana de gracia para la novia. La última vez que corrieron rumores de redadas en las granjas de Vermont, Roger despidió a todos sus jornaleros. A Mario y a José los contrató recientemente. Antonia no tiene idea de a dónde habrán ido sus predecesores. Ahora que ha dejado de hacer voluntariado, ya no está en los círculos donde se hablan asuntos de migrantes. ¿A lo mejor los antiguos trabajadores de Roger se fueron con otro patrón de Vermont? ¿O tal vez se devolvieron a México? Todo el mundo sabe que no debe construirse una casa sobre arena. Es cierto que sirve de refugio temporal, pero un hogar de verdad necesita buenos cimientos.

Todavía está oscuro. El sol no ha salido. La carretera está desierta. En algunos trechos, los altos pinos a cada lado le dan cierto aire espeluznante. En unas cuantas horas, el cielo se llenará con esa luz de primavera temprana que parece pintada con acuarela, y que hace saltar las lágrimas. La carretera se llenará de actividad tanto como puede esperarse en un camino secundario en las áreas rurales de Vermont: el bus escolar cuyo chofer saluda levantando apenas un dedo; el repartidor de periódico que, según ha oído, tartamudea terriblemente, aunque ella no pueda dar fe porque nunca ha hablado con él; el camión de la basura, con un tipo de cabeza rapada al volante que mira con lascivia, detiene el camión y luego pisa el acelerador a fondo, probablemente decepcionado porque esa mujer menuda resultó ser una señora entrada en años. Todas esas vidas que no son la suya. Benditos sean, piensa, incluso el tipo de la basura, antes de pensarlo dos veces y darse cuenta de que ella no tiene autoridad para andar bendiciendo a nadie.

Hace frío. Acelera el paso. En un claro entre los árboles, ve unas cuantas estrellas aún centelleando. ¿Te has fijado en que las estrellas brillan más en las noches frías?

Siempre dices eso, habría comentado Sam, con una risita.

Recuérdame una vez más ¿dónde queda Burkina Faso?

Eso también lo hacía reír. Se convirtió en una frase en clave entre ellos, en una manera de que cada uno tuviera presente la importancia de la humildad, ya que siempre habría cosas que ignoraran.

La caminata resulta tonificante. Quizás debería hacer esto todas las mañanas. En lugar de yoga. Salir a caminar… "si el clima lo permite", que es la versión vermontesa de "si Dios quiere". Ser una de esas personas invisibles en el libro que jamás llegará a escribir. Aunque no es que esté haciendo nada útil para mantener al mundo girando. Solo se ocupa de seguir adelante ella. Lo mejor que puedes hacer por tus seres queridos es velar por ti misma. ¿Y qué pasa cuando la persona a quien amas ya no necesita que seas estoica?

Su mente se devuelve rápidamente a la perturbadora conversación que había tenido con Tilly con respecto a Izzy... ¿fue ayer apenas? Se pregunta si habrá algo de razón en el diagnóstico de Mona sobre la enfermedad de su hermana. Pero Mona siempre anda diagnosticando a todo el mundo. Es uno de los gajes del oficio de una sicoterapeuta, tal como traer citas literarias a colación es uno de los gajes del oficio de Antonia, la profesora. Izzy nada más se está comportando como lo que es, Izzy. Y punto. Claro que ha tomado malas decisiones, pero ¿acaso eso no le pasa a todo el mundo?

Que se gastó todos sus ahorros, le informó Tilly que se había enterado por rumores. No, no puede contarle quién se lo dijo (pero es fácil deducirlo: no fue Antonia, ni tampoco se lo pudo haber dicho la propia Izzy, así que tuvo que ser Mona).

¿Ahorros?, la cuestionó Antonia. ¿Izzy tiene algo ahorrado? No me vengas con semejante oxímoron.

Tilly se encrespó. ¿Qué palabrota es esa? ¿Me estás insultando? Siempre anda diciendo que está en bancarrota.

Pues le dio un montón de dinero a ese tipo en Cuba...

¡Un momento! ¿Estuvo en Cuba?

¿Ya entiendes a qué me refiero?, dijo Tilly en tono triunfante.

Pues, de cualquier manera, se está dando la buena vida, defendió Antonia a su hermana. ¿En realidad estaría disfrutando Izzy? ¿Y qué iba a suceder cuando llegara a la vejez, tras haber quemado todas las naves que podían llevarla hacia los terrenos de la seguridad y la solvencia?

Sabe lo que Izzy diría. ¿Cómo crees que viven todos los viejitos del mundo, si es que llegan a la vejez?

Se acuerda de Mario hablando de su madre, tan frágil, pobrecita, envejeciendo. Ya no puede caminar. ¿Cuántos años tiene tu madre?, le había preguntado Antonia. Cincuenta y cuatro.

¡Cincuenta y cuatro! ¿Sabes cuántos años tengo yo, Mario? El joven no se atrevió a adivinarlo. No puede ser, doñita, exclamó cuando ella se lo dijo. ¡Sesenta y cinco! Claro que hay que tener en cuenta otras variables. Así como un año en la vida de un perro equivale a siete años humanos, o al menos eso le había oído a Mona, la amante de los perros, los años de pobreza deben acabar más a la gente que los años de prosperidad.

¿Cómo envejece la imaginación de los pobres? Tal vez se mantiene vigorosa por la mucha práctica de toda una vida imaginando una vida mejor. En una lectura reciente en la universidad, el conferencista había hablado de los orígenes del inglés de los negros de los Estados Unidos. Es la muestra de lo que ocurrió cuando los pueblos africanos, con una cultura intensamente oral y musical, se enfrentaron a la biblia en la versión del rey Jacobo y a la zalamería del Sur de los Estados Unidos, en medio de unas condiciones que les negaron cualquier otra salida para su visión y sus dones, como no fuera la transformación de la lengua inglesa en canción.

Entonces, ¿las canciones y las historias son lo que nos queda cuando nos despojan de todas las otras protecciones y privilegios? "Estos fragmentos que he apuntalado en mis ruinas". *La tierra baldía*, de T. S. Eliot, siempre había sido uno de los favoritos de sus estudiantes, y muchos de ellos no conocían nada diferente de la plenitud. ¿Y qué hay de los que no pueden aguantar las privaciones, y terminan traumatizados y silenciados por las circunstancias difíciles? Si alguna vez vuelve a escribir, Antonia quiere que las historias que llegue a narrar, al igual que sucede con los escritores que son sus referentes, surjan de ese lugar profundo y herido. ¿Acaso la tristeza del duelo acabará siendo buena para su trabajo?

Si es así, gracias, aunque no lo agradezca. Una vez más, le habla a Sam como si le hubiera ofrecido consuelo por su ausencia.

. . .

Al ver que nadie responde a la puerta del remolque, Antonia se dirige al establo y allí encuentra a Mario volcando aserrín fresco a paletadas de una carretilla en cada pesebrera del establo. En la parte del ordeño, José está manejando las máquinas y maldiciendo en voz baja a las vacas.

Antonia se acuerda de haber oído lo que decían unos granjeros que habían llevado a sus trabajadores al centro de salud Open Door. Esa noche la habían llamado para hacer de traductora. Tanto el hospital como el centro de salud habían tenido un incremento en los casos de hablantes de español, pero, a diferencia del hospital, el centro de salud no podía darse el lujo de contratar un servicio de interpretación. Los granjeros comentaban que preferían tener mujeres y no hombres a cargo del ordeño. Antonia había hecho caso omiso, por considerarlos comentarios sexistas, hasta que se dio cuenta de lo que querían dar a entender, que las mujeres eran más suaves con los animales. Las vacas llegaban a dar más leche, y los terneros crecían vigorosos.

¡Oye! ¡Mario!, lo llama, tomándolo desprevenido. ¿El patrón anda por aquí? Él niega con la cabeza.

Tu novia volvió a llamar. Los coyotes la están amenazando. ¿A quién fue que contrataste?, pregunta, como si Mario hubiera revisado referencias primero, por razones de diligencia.

Ay, doñita, ay. El joven se toma la cabeza entre las manos. ¿Qué puede hacer él? Los coyotes insisten en que pague la entrega en Burlington, incluso si no van a hacer más que subirla en un bus en Denver, y ya. Les había mandado a esos hijos de la chingada todos sus ahorros, y había pedido prestado el resto. Todos sus paisanos habían contribuido. Así es como lo consiguen. Primero, traigo a mi novia o esposa o hermana o hermanito con tu ayuda, y luego te ayudo a traer a la tuya. Despacio y apoyándonos unos a otros, reconstruimos nuestras vidas aquí. Un nido, un hogar, y no solo un remolque sobre la arena.

Traté de llamarla, pero nadie me contestó. Cuando termines

con el ordeño, ven a mi casa y volvemos a intentarlo. De otra forma, el patrón... No hacía falta que terminara la frase. Ambos saben a qué se refiere.

Sí, sí, sí, doñita. La cara de Mario está teñida de angustia. Ella se forma una idea fugaz de cómo se verá este cuando se haya convertido en un anciano de cincuenta y cuatro.

Cuando regresa a su casa, se acuesta con la esperanza de volverse a dormir hasta que Mario llegue. Pero está demasiado exaltada como para lograrlo. Va a tener que llamar a Vivian y Franklin y decirles que no va. No hay manera de que pueda acudir a una cena esta noche, sin haber dormido y en su estado de inquietud.

Si en realidad sus hermanas se están turnando para ocuparse de ella, Mona será la que llame ahora. Tendrá noticias más recientes sobre Izzy. Pero, quién sabe, tal vez la impredecible Izzy sea la que llame, queriendo averiguar qué planes tiene Antonia para su cumpleaños, este fin de semana. Se habrá enterado a través de la red de las hermanas que Antonia rechazó la invitación de Tilly para ir a celebrarlo a Chicago. Pero, de repente, ella lo está reconsiderando. Al salirse de casa, se liberará de este caos que le ha llegado a la puerta, de los dragones que salen a la orilla.

Ya que no puede dormir, bien podría hacer su meditación matinal en la cama. Buda no lo aprobaría. No, un momento, a Buda no le importa. El gong que toca su app de meditación en el teléfono se oye; en veinte minutos sonará de nuevo, interrumpiendo de repente las cavilaciones de su cerebro que da vueltas y vueltas alrededor de las últimas veinticuatro horas: Izzy y la manera de ayudarla, las canaletas llenas de hojas y ramitas, Mario que llama a Estela con su teléfono... su mente queda atrapada en ese detalle. ¿Por qué Mario necesita venir aquí para llamar a Estela? ¿Acaso no tiene su propio teléfono? Todos los trabajadores indocumentados que ha conocido tienen su propio teléfono. Es su única conexión con su casa. ¿Por qué tenía Mario que involucrarla a ella?

A modo de respuesta a esa pregunta, su teléfono fijo timbra. Todavía no dan las siete. Es demasiado temprano para que sea alguna de sus hermanas. Es Roger. No se molesta en saludar ni en decir ninguna de las típicas cortesías como buenos días, cómo está, espero no haberla despertado, sino que se lanza de cabeza. ¿Irá a requerir la ayuda de Mario hoy? ¿Había hablado de lavar vidrios? Si es así, Roger puede pasar a dejar la escalera, camino del pueblo, y recogerla después, ya que no la va a necesitar. Nada de cortesías, pero ¿a quién le importa? Muy amable de su parte, le agradece ella.

Unos minutos después, la camioneta llega a su entrada y da la vuelta hacia la parte de atrás de la casa. Lo oye bajar la escalera, seguramente por su propia cuenta. Es más fácil descargarla que volverla a cargar. Suena como una especie de regla para la vida, hubiera podido comentarle ella a Sam. Le encantaba cuando un comentario común y corriente, o una secuencia de palabras sin más se abrían para revelar algo profundo. *You don't say*, era lo que solía responder Sam a menudo a ese tipo de comentarios. Ella nunca sabía bien qué quería decir con esa expresión. ¿No me digas? Era otro de esos estadounidismos que a veces le hacían zancadilla, y entonces volvía a sentir claramente que había algo así como un núcleo profundo en el inglés al que jamás llegaría a tener acceso.

Cuando finalmente aparece, ya ha llamado. ¿Con qué teléfono?, lo confronta, sobresaltándolo. El que tenemos José y yo, doñita. Lo compramos entre los dos. Pero no tienen un plan de llamadas. No cuentan con un domicilio permanente a donde puedan enviar las cuentas, ni tarjeta de crédito, ni crédito de ningún tipo. Compran tarjetas telefónicas y ahorran sus minutos para llamar a México. Y como la doñita sabe inglés, podrá ayudar con los detalles y preparativos del viaje.

Luego pasa a informarle que sus paisanos están de acuerdo en colaborar y aportar los varios cientos de dólares más. No pueden entregarle más, pues todos tienen que cuidar sus ingresos. Antonia llama al teléfono de Colorado, pero le entrega el aparato a Mario y lo deja con sus negociaciones. No quiere meterse más en eso. Este fin de semana, para su cumpleaños, estará en Chicago.

En su habitación, Antonia llama a Vivian desde su celular, y recuerda demasiado tarde que todavía es muy de mañana. Pero Vivian ya está despierta. Y a la expectativa de verla esta noche. También invitamos a Wendy y al pobrecito Jim Blake. ¿Será que Vivian se refiere a ella como la pobre Antonia cuando habla con Wendy y Jim Blake?

¿Cómo zafarse de ese compromiso a estas alturas? Antonia podría alegar que está enferma, pero Vivian insistiría en ir a verla. Uno puede salirse temprano de una cena, pero es más difícil deshacerse de una amiga que se presenta en la puerta con un recipiente con ensalada de habichuelas y un plato de *brownies*. Podría decirle la verdad a Vivian, que está abrumada, que anoche no durmió y tampoco la noche anterior ni la que le antecedió. Y no, no es solo por la tristeza. Había leído el libro que le recomendó su sicoterapeuta, *Las personas altamente sensibles*. Lo había encontrado en la biblioteca de ciencias de la universidad, y eso le prestó algo de legitimidad al libro, para verlo como algo más allá de unos brochazos de complaciente autoayuda pasados rápidamente por un baño de ciencias sociales. El libro planteaba que había ciertos organismos muy reactivos, que se agobian con facilidad, y que necesitan de un ecosistema diferente para desarrollarse bien. No se refería a una patología, sino a un tipo de personalidad. Un lector anterior había marcado el libro, garabateando notas en los márgenes, subrayando pasajes, resaltando otros con color, y era un libro de la biblioteca, ¡imagínate! La reacción exagerada de una persona muy sensible.

¿Y cómo te encuentras?, quiere saber Vivian, con la voz teñida de preocupación. Bien, responde Antonia, tal vez demasiado rápido como para sonar de verdad convincente. Pero Vivian no rebusca más allá. El paisaje del duelo no es muy apetecible. Quienes lo visitan no quieren quedarse allí más de lo necesario. Lo mejor que se puede hacer por la gente que se preocupa por uno es ayudarles a dar de prisa ese mal paso. No quiere acabar convertida en "la pobre Antonia".

Ella y Franklin aguardan con ilusión la cena de esa noche, dice Vivian alegremente. Antonia tiene sus dudas de que Franklin esté ilusionado con reunir a los pobres amigos de su esposa alrededor de su mesa. Nunca dice mayor cosa, hasta que un comentario lo impulsa, y se lanza. El descubrimiento de las ondas gravitatorias. Las imprecisiones de la novela histórica. Los eclipses de sol y todo el tiempo que tendrán que esperar para ver el próximo (este último tema lo ha oído varias veces, y a pesar de eso no recuerda cuánto tiempo falta). Los vinos chilenos.

En esos momentos solía preocuparle que Sam volviera a empezar con lo del seguro universal de salud. Al menos, Sam solo tenía un tema al cual volver una y otra vez en público. Aunque puede ser que la variedad sea preferible, si uno va a ponerse pesado.

Solo quería confirmar. ¿A qué hora llego esta noche, y qué puedo llevar?

¿Hacia las seis? Y nada, solo tu presencia.

Cuando la gente dice que no hay que llevar nada, ¿llevas una botella de vino? Cuando dicen "hacia las...", ¿a qué hora esperan que uno llegue de verdad? Debería saber esas cosas, ya que Sam y ella solían tener invitados a menudo. ¿Seguirá haciendo de anfitriona ahora que está sola? Extraña eso... los invitados alrededor de la mesa, el chile con carne preparado con la carne molida del puesto que Roger monta en la carretera, y pan de maíz, del maíz azul de Sam.

De regreso en la sala, Mario está de pie frente a la ventana, mirando la escalera que llevó Roger.

Suspira en respuesta a las preguntas que ella le hace. El coyote exige trescientos dólares tan solo para dejar ir a Estela. Mario puede cubrir esa cantidad con lo que ha pedido prestado. Pero también necesita pagar el boleto de autobús a Burlington.

Te están usando, ella echa chispas, meneando la cabeza y mirándolo. Nunca alcanzarás a pagarles lo que pidan.

Puede ser, asiente Mario. Pero ¿qué remedio le queda para mantener a salvo a sus seres queridos? ¿Qué haría usted en mi caso, doñita?

Debería llevarlo junto con ella a la cena de esta noche. El pobre Mario tiene una pregunta para nuestro grupo.

Sabe lo que su amiga Vivian haría. Ella apoya las causas nobles, al igual que lo hace con sus pobres amigos. Le daría un cheque sin hacer preguntas. Pero sucede que Vivian puede darse el lujo de arrojar pan a las aguas. Se casó con un panadero, por decirlo de alguna manera. Franklin comparte su apellido con una marca famosa. Sí, pertenece a esa familia. No tiene que trabajar para ganarse la vida, por eso se dedicó a la docencia, explicó en otra cena. Ni siquiera se percató de que había otros profesores presentes, de los que tienen que trabajar para pagar el impuesto sobre la renta, el seguro médico, la matrícula universitaria de sus hijos.

Ay, doñita querida, dice Mario con el tono acaramelado de un joven que coquetea con una mujer mayor. Sabe que es mucho pedir, pero ¿sería posible que Antonia le prestara el dinero para el boleto de autobús? Dice "prestar", que es una de las maneras en que la gente pobre de su país guarda las apariencias. Es un préstamo, no una limosna, cosa que los generosos y refinados siempre saben disculpar.

Antonia asiente levemente, para indicarle que lo pensará... no es un sí, ni un no. Las personas muy sensibles necesitan tiempo y silencio, ya que se sienten abrumadas con facilidad, sobre todo si están en etapa de duelo. ¿A quién pretende engañar? Ya ha tomado su decisión. Por supuesto que comprará el boleto de autobús para Estela, pero se encargará también de hacer todos los arreglos para asegurarse de que el dinero llegue adonde debe llegar. Un gesto caritativo envuelto en desconfianza. Ni Izzy ni Sam lo hubieran hecho de esa manera. Sam, que resultaba engatusado a derecha e izquierda, de manera que ella siempre tenía que tener el ojo abierto y hacer de policía malo. ¿No crees que por una vez quisiera tener el placer de representar otro papel?, se quejaba con él. Adelante, le contestaba. ¿Por qué no podían hacer ambos de policía bueno?

Mario no cabe en sí de la gratitud. Le toma las manos, las besa, un gesto casi desaparecido, que en estos tiempos se ve únicamente en obras de teatro, montajes escolares de Shakespeare y telenovelas.

¡Ya, ya, ya!, dice ella, cortando su reacción desbordada. Sabe bien lo que ha estado pensando. Gracias a Dios, nadie puede saber lo que pasa por la mente de los demás.

Mientras Mario espera a su lado, busca los boletos en línea. Hay varias opciones. La ruta por el norte pasa por Toronto y luego voltea al sur para llegar a Vermont. Pero más vale no cruzar la frontera si no tiene pasaporte ni papeles. La ruta por el sur es mejor, pero implica toda una serie de cambios de autobús. Estela puede tener dificultades para encontrar su ruta. ¿A lo mejor Greyhound ofrece ese servicio? ¿Cómo averiguar? ¿Llamando a la línea gratuita y preguntando al encargado si pueden ayudarle a cambiar de autobús a una persona indocumentada? Toma nota de los horarios. Mario dice que le avisará cuando le haya enviado el dinero al coyote, para que Antonia pueda terminar de reservar el boleto de manera que Estela lo recoja en la estación de autobuses de Denver. Mario le proporciona toda la información. Nombre completo: Estela Adelia Cruz Fuentes. En cuanto a la dirección y teléfono, Antonia tendrá que anotar los suyos. Dios libre que alguien de Greyhound contacte a Roger.

Cuando terminan, Mario toma sus manos de nuevo. Ya, ya, lo interrumpe ella. No debe confundirse y pensar que ella es una persona bondadosa de verdad, pues tal persona no sentiría el alivio que ella experimenta al largarse a Chicago dejando a esos jóvenes plantados. Al fin y al cabo, ¿cuánto puede aguantar una persona? Vivimos en los Estados Unidos, le recuerda a Sam, quien en su cabeza la está reprochando, y aquí cada quien se pone su propia máscara de oxígeno antes de ayudar a los demás.

De cualquier forma, el avión va a acabar chocando. Entonces, ¿por qué no tener un pequeño gesto de amabilidad antes de que ella también acabe reducida a un cuerpo tirado en una cuneta, y así aprovechar la permanencia que eso le pueda garantizar en la memoria de alguien más? A diferencia de Sam, que goza de una vida después de la muerte correteando por la mente de Antonia, ella no tendrá a Sam para mantenerla viva en su imaginación.

En el camino de regreso adonde Roger, con Mario, Antonia ve la patrulla del alguacil por el espejo retrovisor. Con mucha calma, como si le hablara a alguien muy sensible, le dice a Mario que la policía viene detrás. Debe agacharse en su asiento y dejar la ventana del carro despejada. Mario hace lo que se le indica. Ella enciende la luz direccional para meterse por el camino de entrada hacia donde Roger, la viuda precavida que va a hacer compras para el desayuno al puesto del granjero. La patrulla sigue de largo. Alguien va en el puesto del pasajero, con el alguacil. Alguien con el pelo a la altura de los hombros, de un rubio irresistible. El alguacil no saluda. Ni siquiera mira en su dirección.

Antonia telefonea a Izzy, con la excusa de informarle sus planes de cumpleaños. Pero, más que nada, quiere hacerse su propia idea del estado mental de su hermana. Sucede a menudo en su familia que las cosas terminan por salirse de toda proporción. ¿Será que el haber crecido bajo una dictadura desvió sus temperamentos hacia el pesimismo?

Izzy rebosa noticias de sus propios planes. ¿Te acuerdas de ese centro de arte latino del que te hablé? Encontré el lugar perfecto para abrirlo. ¡En el oeste de Massachusetts! Traerá algo de diversidad a esa parte del estado, y el modelo podrá replicarse en otras zonas de suburbios conservadores y aburguesados. En lugar de jornaleros migrantes en las granjas esto será un asalto cultural: poetas migrantes, bailarines migrantes, artistas migrantes en general. ¿Antonia estaría de acuerdo en formar parte de la junta y convencer a algunos de sus amigos escritores de que se unan al esfuerzo?

Izzy, corazón, ¿con qué vas a pagar todo eso?

Cuando lleguemos a ese río, quemaremos el puente, proclama ella. Eso es lo que hará, piensa Antonia. Para empezar, a lo mejor el editor de Antonia esté interesado en publicar una antología de los autores que se reúnan, y las ganancias se destinarían a... Antonia la interrumpe. Izzy, corazón, no he hablado con mi editor desde hace siglos. Y no tengo ánimo de hacerlo ahora.

Sería una buena manera de volver al terreno de la escritura, le dice Izzy, con voz de hermana mayor. Piénsalo de todas formas, *¿okey?* Izzy piensa ir al oeste de Massachusetts, ¿será que Antonia quiere acompañarla en el viaje para festejar su cumpleaños?

Voy a ir donde Tilly, la decisión es definitiva. Acabo de comprar mi pasaje. Una mentirita piadosa. Antonia tiene una montaña de mentiras semejantes guardadas bajo llave en ese closet de verdades a medias que les ha ido contando a sus hermanas para evitar su decepción o su ira, o algo peor.

Pero había oído que no querías viajar para tu cumpleaños. ¿Qué te hizo cambiar de idea?

No sé, trata de zafarse. Podría ser bueno alejarme. En Chicago, la primavera tiene unas semanas de adelanto en comparación con Vermont. Como si su única razón para ir donde Tilly fuera ver sus narcisos.

Muy bien, como quieras, me parece una idea fabulosa, opina Izzy. A Antonia siempre la impactan las certezas de otras personas. A menudo tiene que apoyarse en esas certezas ajenas para tomar sus propias decisiones. Al igual que la chequera, la toma de decisiones era otro de los terrenos de la vida que le cedía enteramente a Sam. Él jamás se cuestionaba a posteriori, nunca trataba de recuperar el pan que había arrojado a las aguas. Como un policía bueno que carece de inseguridades. ¿Era eso una virtud para un policía? Un día cualquiera, se decía a modo de advertencia, Sam la iba a dejar, cansado de sus preguntas, de su intensa necesidad de dar no solo con las palabras precisas sino con la realidad correcta.

Ese día ya llegó. Sam la dejó, pero no de la manera en que ella temía que la dejara.

Piensa que él también puede estar sacando algo de esto, le había dicho su sicoterapeuta, meneando la cabeza, llena de sus propias certezas. ¿Alguna vez le has preguntado por qué se casó contigo? Esto es lo que yo pienso, continuó la terapeuta, como una vendedora que coloca un producto sobre el mostrador para que su clienta se decida a comprarlo. Tal vez tú eres la que lleva la carga de las dudas en tu relación de pareja. A lo mejor tu esposo necesita una persona altamente sensible para equilibrarse. Tal vez Sam no esté tan seguro de dónde queda Burkina Faso...

3

❧

Reglas de las hermanas

SU HERMANA ESTÁ ESPERANDO a que salga su maleta. ¡Antoniaaaaa!, grita Tilly, esforzándose por llamarla con el nombre que Antonia prefiere, en lugar de Toni, el apodo de la infancia que los miembros menos cercanos de la familia insisten en seguir usando.

La gente voltea a mirar. Extranjeras de voz fuerte, con rostros expresivos y muchos gestos. Bajen la voz, sus compañeros de colegio siempre pidiéndoles que se callaran en los primeros años tras llegar a Estados Unidos.

Las dos hermanas se abrazan, se separan, se abrazan de nuevo, listas, pero aún no preparadas para deshacer el abrazo.

La primera regla de las cuatro hermanas: *Actuarás siempre como si fuera un placer ver a las demás.*

A Antonia le da gusto ver a Tilly. Son las hermanas del medio, con Izzy y Mona en los extremos. Escasos once meses separan a cada hermana de la que le sigue. A veces se siente como si solo las cuatro juntas pudieran ser una persona completa, a quien se refieren con reverencia como la hermandad de las cuatro.

Antonia y Tilly se vieron por última vez en Vermont, justo

después de la muerte de Sam. Tilly llegó a la mañana siguiente. Fue la primera de todos, amigos y familia de Antonia, en responder.

Pero ese había sido siempre su papel. Era la que se ponía manos a la obra sin vacilar. Y aunque esos papeles asignados tiempo atrás ya no se ejercen, han alcanzado una especie de vida eterna. La máscara se ha adherido a las caras, y quitársela implica correr un riesgo. ¿Quién voy a ser ahora?, le había preguntado Antonia a Tilly luego del velorio. Ya no era la profesora universitaria, ni formaba parte como voluntaria de varias juntas y comités, ni tampoco se dejaba arrastrar por el remolino creativo de la escritura. Se había distanciado de toda narrativa, incluso de las que inventaba para vender a alguna editorial. ¿Quién soy? era su clamor lastimero.

No lo sé. Tilly se había encogido de hombros, había levantado las cejas, subrayando hasta dónde se extendía su ignorancia. Pregúntales a tus hermanas, le aconsejó. Yo no sirvo para todo ese asunto de las terapias.

Al parecer, las habilidades se habían distribuido entre las hermanas. Si uno necesitaba que algo quedara hecho, por ejemplo, preparar las bandejas de quesos y embutidos para después del funeral era algo en lo que Tilly descollaba. Si alguna se veía en medio de la angustia emocional, sin saber si dejar al marido derrochador o no, si tirar la toalla con una amistad o no, había que llamar a Izzy. Para respuestas a preguntas de todo tipo... la raza perfecta de perros, el mercado de bienes raíces, el mejor champú para la caída del pelo, Mona era la indicada.

¿Qué puede aportar Antonia al grupo que forma con sus hermanas? ¿Su cerebro sabihondo, atestado de citas? ¿Su sistema nervioso altamente sensible? Todas las hermanas son del tipo nervioso, temperamental.

Sea lo que sea en lo que se convierta ahora, sabe muy bien que no debe inmiscuirse en los dominios de otra hermana.

Honrarás los terrenos de tu hermana. Otra de las reglas de las hermanas.

¡Bienvenida a Chicago, Ill-y-Noise!, bromea Tilly, imitando a su padre. Ill-y-Noise, así separaba los sonidos de la palabra al pronunciarla. ¿Cómo va a ser un buen lugar para vivir si su nombre se compone de "ill", que significa enfermo, en inglés, y "noise", ruido? Ahora que ya no está, sus chistes malos forman parte de los ataques de nostalgia. Papi siempre trataba de convencer a Tilly de que se mudara más al este con los niños, para estar más cerca de él y Mami. Claro, tráete también a Kaspar, agregaba si uno le seguía la corriente... los yernos siempre como ocurrencia de último momento para el paterfamilias.

¿Dónde está Kaspar?, pregunta Antonia por cortesía. Cuando Tilly les presentó a su futuro marido a sus hermanas, no pensaron que duraría mucho. Se tomaba demasiado en serio a sí mismo. Podía ser un científico que hacía magia con los números, pero su sentido del humor caía hasta niveles bajo cero. Y entonces ¿eres un fantasma amigable?, le había preguntado Izzy, bromeando.

¿Perdón?, contestó él, sin entender la alusión a Kaspar, Gasparín, el personaje de los dibujos animados.

Pero Kaspar se las había arreglado para mantenerse en la familia durante casi cuarenta años.

¿Se estacionó en doble fila?, pregunta ahora Antonia, fingiendo preocupación.

Ni por el diablo, se ríe Tilly, y su tos de fumadora explota, para dar luego paso a las carcajadas. Venía yo al volante. Una sorpresa tras otra. Tilly, la que nunca maneja en autopistas porque, según dice, en ellas hay demasiados carros. Eso es como decir que una ciudad tiene demasiada gente, suele decirle Antonia para reírse un poco. *Fuck you!*, la respuesta de Tilly a cualquier intento de broma o burla es una palabrota, sin importar dónde se encuentre. Mínimo autocontrol.

A propósito, me dice Mona que tú no crees que los narcisos hayan florecido, le informa Tilly. ¿Crees que no es sino un reducto de mi imaginación?

Producto, la corrige Antonia. Producto de tu imaginación.

Pues te lo puedes meter por donde ya sabes. Tilly arruga el labio superior.

¿Y qué más te dijo Mona?, la sondea Antonia. A pesar de que detesta estas triangulaciones y bifurcaciones entre hermanas, quiere ponerse al tanto del *Sturm und Drang* del momento. Podrán ser una sola persona en conjunto, pero no sin altercados constantes, colapsos, y sin herir sentimientos mutuos. Resulta agotador.

Mientras conduce, Tilly rebusca en su cartera algo de chicle para enmascarar su aliento de fumadora, de manera que Kaspar no lo detecte. Ajusta sobre el tablero la figura del perrito echado con un resorte en el cuello, gracias a la cual reconoce su carro en un estacionamiento. Su hermana, la que siempre hace todo, no puede dejar de hacerlo, por lo que pierde su salida de la autopista y tienen que dar un rodeo de diez millas. No hay problema. Tilly sabe de un café al que pueden ir a chismear un rato. El lugar también tiene un área a la intemperie, donde Tilly podrá fumar.

Hace demasiado frío, dice Antonia, negando con la cabeza.

No, no es cierto. Discuten si hace mucho frío o no. Sin embargo, esta vez Tilly cede. Al día siguiente es el cumpleaños de Antonia, el primero sin Sam. Te mereces que se haga lo que tú quieres.

Merecer... me-recer, resopla Antonia. Ese verbo le molesta... la sola idea de que uno deba recibir tratamiento especial, una sensación de tristeza cuando la vida te reparte un poco de lo que distribuye entre todo el mundo: mortalidad, pena, pérdida.

No seas tan dura, hermana. Está bien que te mimen. Y entonces, ¿qué te hizo cambiar de idea y venir?

¿Cómo así que qué me hizo cambiar de idea? Pues verte, claro. No quiere abrir esa bolsa donde tiene revueltos los motivos que la llevaron a decidirse.

Se quedan en silencio unos momentos, tomadas de la mano, una pausa de quietud en su agitada relación de hermanas. Todos esos momentos en que ella estaba demasiado ocupada para ayudar a Sam a sacar las papas de la huerta, para correr a la ventana y ver un pájaro diferente que acababa de posarse en el comedero, volverán como pataditas en el corazón durante los días, meses y años por venir.

Limpian su propia mesa, como dignas hijas de Mami, aunque haga mucho que no tengan una madre a quien señalar como suya. Y entonces, ¿qué se te antoja?, pregunta Tilly. ¿Quieres ir al mercado vietnamita? También podemos ir a buscar tesoros en las tiendas de segunda mano. Un bistró pequeño y agradable en la ruta a casa, donde pueden tomarse una copa de vino, o un ron, un vodka. Además de fumar, Tilly es la que más bebe de las cuatro. ¿Hay algo en especial que Antonia quiera? Solo tiene que decirlo.

Quiere a Sam, eso es lo que quiere, pero eso no figura entre lo que le ofrecen. Qué tal acompañarte a todo lo que haces en un día común y corriente.

No entiendo, dice Tilly, frunciendo el ceño.

Haz de cuenta que no estoy aquí, explica Antonia.

¿Para qué iba a querer que vinieras a visitarme y luego hacer de cuenta que no estás aquí?

Será como abrir una ventanita a tu vida. Así, cuando esté en Vermont, podré imaginarme qué estás haciendo en un momento dado.

El ceño fruncido de Tilly se acentúa. No soy tan predecible. ¿Tú sabes qué vas a hacer en un momento dado?

Por supuesto que sí, lo sabe. Incluso si no estuviera en medio del duelo, sabe que a las seis cada mañana estará haciendo sus ejercicios de yoga mientras oye sus discos compactos de pájaros, el gorjeo del tordo, las tres o más llamadas repetidas del sinsonte, las notas lastimeras del jilguero. En realidad, sería reconfortante saber que en ese preciso momento Tilly se está tomando un café, mientras oye las noticias y prepara las comidas de los próximos días, mientras en la lavadora gira una carga de ropa… Tilly es capaz de hacer varias cosas a la vez, no puede quedarse quieta. Siempre que Antonia le telefonea, alcanza a oír el entrechocar de las ollas, una manguera abierta regando el jardín, a Tilly haciendo pipí, o sellando el paquete que enviará por correo a Vermont, para el cumpleaños de Antonia, creyendo que esta no viajará para acompañarla cual sombra mientras ella hace todo lo que hace un día cualquiera.

Sigo sin entender, dice Tilly tras oír la explicación de Antonia. Pero tú siempre tenías que ser diferente de nosotras.

Así que ¿cuál vendrá a ser su papel de ahora en adelante? ¿Irá a ser la que se define por ser lo que las demás no son?

Hacen lo que Tilly hace en un día cualquiera. En el mercado vietnamita, llena su carrito con artículos que Antonia reconoce por los paquetes que le manda periódicamente: hongos deshidratados, jengibre confitado, cajas de té con caracteres chinos, un frasco con ajos pelados. El aire de la tienda es penetrante, por los olores cargados de añoranza que le recuerdan a Antonia los mercados de la República Dominicana, y a ella y sus hermanas siguiendo a Mami y las tías por entre hileras de verduras apiladas, frutas alrededor de las cuales se agrupan las moscas, tiras de carne ensangrentadas que cuelgan de ganchos, un ternero que muge en el matadero de al lado. Esas son las magdalenas que la remiten a la infancia de las cuatro hermanas en la Isla.

Pero lo que más le gusta hacer a Tilly es comprar en las tiendas de segunda mano, que abundan en su suburbio. Tienen toda clase de nombres ingeniosos que juegan con el hecho de vender lo que otras personas desechan: Dulce Caridad, Déja New o el tiernísimo Vuélveme a Querer, que Tilly dice que era antes un taller de costura llamado Son of a Stitch... Hijo de la Puntada. La dueña recibió toda una andanada de parte de los que Tilly llama "cristianos", para los cuales usa el mismo tono de voz que cuando suelta palabrotas.

Tilly se ha quejado a menudo de su vecindario evangélico. Tenemos más iglesias por raíz cuadrada que cualquier otro lugar del mundo, dice con tono de enterada, y Antonia no tiene el corazón de corregir su manera de hablar o sus estadísticas. Que sea Mona la que se ponga a cuestionar las cifras. Tilly cuenta que una vez una vecina que era una chismosa picapleitos le llevó una canasta de Pascua cuando los niños eran pequeños. Además de los huevos pintados y las gomitas de colores, había una botella de tintura roja y cuatro clavos. ¡Por favor!, exclama meneando la cabeza. ¡A quién se le ocurre echarles a perder la pascua a una niña de tres y otra de cinco años trayéndoles a colación la crucifixión!

Pues eso es la Pascua, hubiera podido decir Antonia en defensa de la señora. Ha oído esa historia de Tilly antes, pero la escucha entera sin hacer comentarios. ¡A Tilly le produce tal placer contarla! La narración es parte de los terrenos de Antonia, que periódicamente le cede a alguna otra persona, a quien le da su turno de relatar la historia.

De manera que le dije que éramos judíos. ¡Ja! Fue como si yo hubiera crucificado a Jesús con mis propias manos. Poco después, la vecina se mudó. Tilly se regodea: exactamente lo que ella esperaba. ¡Esa zorra era como un lobo vestido de vieja!

Antonia se ríe una vez más, pero no le corrige el dicho. Tilly también ríe, pensando que es la historia lo que le resultó divertido a su hermana.

En cada tienda, las vendedoras, casi todas mujeres, hablan efusivamente de Tilly. Adoramos a su hermana. Es bonito ver que ha dejado su marca aquí. Siempre ha sido la hermana que menos se destaca, mientras las otras obtienen premios, buenas calificaciones, atención. Basta con que tenga sus cigarrillos, una botella de ron y alguien con quien acostarse. Ustedes son las estrellas, solía decirles a Izzy y a Antonia cuando eran jóvenes. ¿Y yo qué?, interrumpía Mona, la menor, ofendida. ¡Tú eres el meteorito, coño!, aullaba de risa Tilly. Siempre era la primera en reírse de sus propios chistes.

En ese libro que probablemente Antonia nunca llegue a escribir sobre las vidas anónimas, podrá desarrollar su teoría de la gente que es la sal de la tierra, los trabajadores de los viñedos, los braceros migrantes, los hermanos anodinos. No necesitan ser famosos ni importantes ni visibles; hay algo agresivo en la fama, encierra cierta violencia, y en cambio, el anonimato es amigable; estamos todos en el mismo barco; primero, traigo a mi novia y después te ayudo a traer a la tuya. "¡No soy nadie! ¿Quién eres tú?"... tantas líneas dispersas de sus días de profesora.

¡Tiene mucha suerte de tener semejante hermana!, le dice una vendedora en la tercera tienda. Es una mujer mayor, menudita y vivaracha (aretes brillantes a juego con sus ojos brillantes), que ha estado siguiendo a Antonia por el local, señalando aquí un suéter, allá un juego de vasos, que acaban de recibir. Su hermana es muy especial, sigue la vendedora.

Es increíble, ¿no es verdad? Me considero muy afortunada. Gracias por su ayuda, dice Antonia, confiando en dar por terminada la charla. A diferencia del efecto positivo que estos despliegues de amistad tienen en Tilly, a Antonia le empiezan a poner los nervios de punta.

Ya no vayamos a más tiendas, propone cuando salen del local.

Pensé que querías ver qué hago todo el día.

¿Por qué no me muestras qué más haces además de ir de compras?

Van al gimnasio, donde Tilly está inscrita en varias clases para personas mayores.

Una vuelta rápida para que veas el lugar, le promete. El anciano negro que está en el mostrador de la recepción le pregunta a Tilly: ¿Dónde está mi abrazo? Todo el mundo la echó de menos ese día en clase. Aquí he conocido a la gente más encantadora, sostiene Tilly. Nadie es perfecto en una clase de gimnasia para la tercera edad... todos están pasados de peso, adoloridos por la artritis, necesitan recuperar alguna habilidad que han perdido. Nos queremos tal como somos, alardea.

Dirían por ahí que esa es una definición del ser cristianos, señala Antonia, para desquitarse de su hermana.

Vete al diablo, exclama la otra.

De regreso del día típico, Tilly vuelve a mencionar a Izzy. Entonces, ¿has hablado con Felicia?

Qué bueno que no está aquí para oírte, bromea Antonia. A Izzy le importa mucho que la gente no use su nombre de pila. Odia llamarse Felicia. ¡Es una trampa! Como si tuviera que estar siempre feliz, o algo así. La verdad es que, a excepción de Tilly, todas las hermanas tienen algún pero con su nombre. Mona detesta llamarse Ramona, nombre que solo usaba su mamá a la hora de regañarla, y a Antonia no le gusta que nadie use su apodo. En cambio, Tilly dice que le digan como les dé su maldita gana: Tilly, Matilda, le da igual.

Antonia relata su conversación reciente con Izzy. El centro cultural, la toma del oeste de Massachusetts por parte de los latinos. Otra de las grandiosas ideas de Izzy. Esperemos que no la lleve a cabo y que se apacigüe para dedicarse a la humilde tarea de velar por sí misma.

¿Me imagino que no te enteraste de la última?, interrumpe Tilly. Va a comprar un motel abandonado.

¿Un motel? ¿Para qué?

Para acomodar a los artistas, claro, dice Tilly, como si Antonia fuera una perfecta idiota por preguntar algo tan obvio.

Pero no me dijo nada de un motel, y hablé con ella hace… ¿qué? ¿Dos días?

Fue justo después de la segunda llamada entre Mario y Estela. La idea de ese reencuentro se le mete en la cabeza. Se pregunta cómo irá todo. Justo antes de partir, Antonia compró en línea el pasaje de autobús para Estela, para que ella lo pudiera recoger en la estación en el centro de Denver. ¿A quién va a pedirle Mario que lo lleve a Burlington para recibirla? ¿A Roger? ¿O tal vez a la mujer a quien suelen acudir cuando todo lo demás falla? Mamá Terry, el sobrenombre que la comunidad de migrantes le ha dado a esa gringa de pelo canoso, que habla español, capaz de conseguirles lo que quiera que necesiten: desde transporte a algún aeropuerto, tiendas de alimentos o consultorios médicos hasta compañía femenina, jovencitas de Vermont que andan mal de dinero y quieren ganar algo adicional, o que también buscan compañía.

Me imagino que con Izzy pueden pasar muchas cosas de la noche a la mañana, reconoce Antonia. ¿Y de dónde saca el dinero para financiar su fabuloso plan?

Me parece que su casa al fin se vendió, o está por venderse. Puede ser que aún le quede algo del dinero de su herencia. O tal vez se sacó la lotería. Siempre anda comprando boletos. Con ella nunca se sabe. Tilly menea la cabeza. La verdad es que hay que hacer algo con esta hermana mayor. ¿Te acuerdas en el funeral?

Izzy no aparecía, de manera que comenzaron la ceremonia

sin ella. Cuando finalmente llegó, no podía sentarse en paz. Andaba por toda la iglesia, sacando fotos con el celular, *close-ups* de las velas encendidas, de las flores, del sacerdote predicando. Mona había tenido que escoltar a Izzy de regreso a su asiento, pero se le volvió a escapar y se subió al entrepiso del coro en el fondo de la iglesia, para sacar fotos de las cabezas vistas por encima. "Lo que ve Sam ahora", fue el pie de foto que les envió a sus hermanas, y luego, cuando el sacerdote estaba a punto de terminar, "Todos volvemos al polvo, pero incluso desde la tumba todos hacemos nuestra canción, aleluya, aleluya", casi como si Izzy lo hubiera sincronizado, con el asombroso sentido de oportunidad de los chiflados, se oyeron los tintineos en los teléfonos de las hermanas, en medio de la congregación.

Tilly y Antonia se ríen. Estamos hablando en serio, se dicen una a otra, y eso las hace reír aún más, casi hasta llevarlas a esa línea donde la hilaridad se convierte en lágrimas.

He estado pensando en viajar al este. Tilly le cuenta del plan que ha estado ideando con Mona: ella puede volar a Boston, Mona viaja desde Carolina del Norte y Antonia baja por carretera desde Vermont, y se reúnen todas en el oeste de Massachusetts, o donde quiera que se encuentre su hermana nómada en ese momento. Y una vez allí, metemos a Izzy en algún centro para tratamiento. Una combinación de reunión y salvamento de las cuatro hermanas. ¿Qué opinas?

Podría funcionar, dice Antonia, una respuesta tibia que equivale a un "no" en el habla de las hermanas. (*Nunca responderás con un "no" a una hermana* podría ser una regla, si es que no lo es aún). Pero Antonia no quiere meterse en una confabulación de tres hermanas contra la cuarta, sin tener en cuenta que su modo preferido de relacionarse con ellas es de una en una. Tilly a solas, o Izzy o Mona, pero las cuatro juntas es más de lo que Antonia puede soportar, especialmente en estos momentos. Su personalidad altamente sensible ya está funcionando a toda máquina.

De todas formas, es un ofrecimiento, tómalo o déjalo. Sinceramente, agrega Tilly con esa forma de hablar que ha copiado de Kaspar, igual que la expresión "la verdad es que", que le oyó a su madre. Sinceramente, y tal vez no debería decirlo, dice Tilly, le preocupa más su hermana mayor que Antonia con su viudez.

Siempre te las arreglas para caer de pie, dice Tilly,

¿La verdad es que sí?, bromea Antonia, imitando la voz de su madre.

Tilly levanta una mano del volante para darle una palmada a su hermana en el brazo. *Bitch!*, improperio que, viniendo de cualquier otra hermana, habría dado pie a una pelea, a sentimientos heridos, o a sacarse en cara todo tipo de cosas hasta la infancia. Pero Tilly puede salirse con la suya. Es su forma de afecto, así como la terminación de diminutivo, -ito, al final de las palabras en español, con lo cual el mundo se hace más manejable, en dosis para niños. Izzy siempre dice que eso es lo que más extraña en el inglés.

La casita de Tilly en la calle Happy Valley está atestada de adornos de jardín, gangas de las tiendas de segunda mano: baños para pájaros, casas y comederos, campanas y sonajas que suenan con el viento, colgando de una serie de ramas. Da una impresión de chabacanería, una cualidad que a Antonia no le gusta y preferiría no asociarla con su parentela, al igual que no querría que ninguna de sus hermanas o sus cónyuges se metieran en política de derecha.

Antes de que lleguen a detenerse para que Antonia finja admirar el revoltijo de cosas, se abre la puerta. Kaspar las ha estado esperando. Hay un mensaje confuso de Izzy... oyó que timbraba el teléfono, pero se encontraba en el baño. Buscan el mensaje: Izzy hablando entusiasmada. Está en el oeste de Massachusetts. Tan pronto como se ocupe de unos asuntos, va a lanzarse hasta Ill-y-noise, manejando toda la noche. Se le quiebra la voz. Ay, extraño tanto a Papi... En todo caso, termina, espero llegar a tiempo para celebrar el cumpleaños de Antonia. No le vayas a decir nada, ¿*okey*?

Tilly y Antonia se miran y estallan en carcajadas. Tu hermana, dice Tilly, meneando la cabeza. Así es como se refieren a la hermana diferente del momento, como si hubiera otra hermana que la reivindicara como propia. En los últimos tiempos, casi siempre ha sido Izzy.

Tilly suspira, meneando la cabeza. Hasta aquí llegó su encuentro de las dos, una con la otra. Pero ¿qué pueden hacer si una de sus hermanas se invita, como sucede a menudo cuando dos se encuentran, y el aumento de fuerza magnética atrae a las demás?

¿Por qué no ir más allá y preguntarle a Mona si quiere venir también?, propone Tilly. Necesitan estar juntas y unidas para rescatar a Izzy y devolverla a la buena senda. A los sesenta y seis, viviendo en casas ajenas, como una hippie desfasada. Y ahora que puede ser que haya vendido la suya, quedará aún más desarraigada. Necesita un ancla, un hogar, alguien que le haga compañía, medicamentos.

Tilly y Antonia tratan de telefonear a Mona para proponerle el plan, pero su hermana no responde la llamada. Es urgente, le dice Tilly en el mensaje que graba. Con seguridad Mona estará de acuerdo en reunirse con ellas. Es ella la que lleva meses presionando para intervenir en el asunto. Además, a la hermana menor no le gusta que la dejen fuera del juego.

La casita en la calle Happy Valley rezuma actividad. Tilly y Antonia forman un buen equipo, las dos del medio, como caballos de tiro, haciendo las camas que se necesitan, sacando toallas, pasando la aspiradora, intercalando esas actividades con llamadas a Mona, y los mensajes de Tilly se oyen cada vez más cargados de irritación. A Kaspar le encargan que vaya hasta Caputo's, donde hay una buena selección de vinos y un amplio surtido de quesos y pasta fresca; debe llevar consigo su celular, por si acaso se les ocurre algo que necesiten pero que pasaron por alto con las prisas.

Cuando Mona finalmente llama, Tilly le describe el plan.

Lo siento, cariño, dice Mona. Lo quieres para antier y no puedo dejar todo así no más. Aunque ha ido reduciendo sus jornadas de trabajo como sicoterapeuta, todavía tiene algunos clientes. Tengo una vida.

Todas tenemos una vida, replica Tilly. Se avecina la pelea. ¿Quién sí tiene una vida? ¿Quién no?

Bitch!, grita al fin Tilly y cuelga.

Vamos, no seas injusta, aconseja Antonia. Se lo soltaste así no más. Llámala de nuevo.

¡Llámala tú! Dile que eso es lo que quieres para tu cumpleaños.

A estas alturas, Antonia ya está metida hasta el cuello en la impetuosa corriente de las hermanas como para saber qué es lo que quiere. Oprime el botón de volver a marcar en el celular de Tilly. El teléfono timbra una vez. ¡Más *bitch* serás tú!, le grita Mona en el oído.

Soy yo, Antonia corrige el error, más que comprensible. Mona estalla en llanto. Tilly le colgó. Es tan injusta. Lo sé, Momo, dice consolando a su hermana menor. Lo que pasa es que estamos preocupadas y te necesitamos, nos haces falta, te amamos. Se atrapan más moscas con azúcar que con sal, hubiera dicho Mami. Ven, por favor. Es lo que deseo por mi cumpleaños.

Mona acepta a regañadientes, pero con una condición: viajará solo si Tilly se disculpa primero. Otro *round*. Para cuando Antonia ha logrado convencer a Tilly de hacer ese esfuerzo adicional, porque es lo que le pide a Tilly por su cumpleaños, entra una llamada de Izzy: va a llegar después de lo que pensaba, pues ahora lleva un remolque a cuestas.

¿Un remolque?, Tilly se alarma. ¿Compraste un motel y también un carro-casa?

Sea cual fuera la respuesta de Izzy, viene con tal volumen que Tilly tiene que sostener el teléfono alejado de su oreja. Responde con una palabrota, pero no a mucho volumen ni en la bocina.

Pregúntale dónde está, dice Antonia, moviendo los labios nada más.

Pero Izzy ya ha colgado. Cuando tratan de volver a comunicarse con ella, resulta que llamó desde un teléfono que no es el suyo. Hola, soy Phil. Déjeme su mensaje.

¿Quién diablos es Phil? Tilly graba su mensaje: ¡Hola, Phil!, como si supiera quién es. Estamos tratando de comunicarnos con mi hermana Izzy. ¿Podrías decirle por favor que me llame?

No lo vas a creer, le dice Tilly a Kaspar cuando este entra por la puerta con las compras que le encargaron. Primero, necesita un trago. Entrechocan los vasos, de pie en la cocina, moviendo la cabeza con lástima. Kaspar interroga a las hermanas, como si ellas pudieran adivinar los motivos de Izzy o entender la lógica de sus decisiones. ¿Quién iba a estar lo suficientemente loco como para ir tirando de un remolque en pleno mes de marzo, con el clima tan impredecible?

Tilly y Antonia intercambian una mirada. La verdad es que es buena cosa que hagamos esta interjección justo ahora, dice Tilly.

Intervención, querrás decir, la corrige Antonia.

¡Vete a la mierda!, le contesta Tilly fulminante, sirviéndose otra bebida. Kaspar frunce la boca, disgustado. No tienes por qué decir eso, regaña a su esposa.

Tilly se da la vuelta y responde con el gesto obsceno de levantar el dedo medio, de manera que solo Antonia lo vea. Es como si Tilly se hubiera quedado en sus tiempos de adolescencia, piensa Antonia. Así como Izzy nunca salió de la infancia y su hermanita Mona jamás dejó el útero. ¿Y ella? ¿En qué etapa de la vida dirán sus hermanas que se quedó atrapada ella?

Esa noche, Tilly se mete a la cama con Antonia. Pone el noticiero con el control remoto. Las dos hermanas están demasiado inquietas como para poder dormir. Es un hábito que se le ha hecho más familiar a Antonia en su casa vacía: encender las noticias, en su caso en la radio, en busca de compañía, para que su propia tristeza quede en perspectiva ante las grandes tristezas del mundo.

La pantalla de la televisión explota con los sonidos e imágenes de las urgencias. Un enjambre de patrullas de policía y ambulancias con sus sirenas aullando, personas que gritan pidiendo ayuda, un reportero sin aliento que habla muy serio ante un micrófono. Otro tiroteo en un lugar público, esta vez en Nueva Zelanda.

"¡El horror! ¡El horror!" entra a la casa de la calle Happy Valley, para meterse hasta la habitación, con sus patitas afelpadas. El mundo está loco. Y su hermana Izzy ha perdido el rumbo en él, y ellas, sus hermanas, deberán intervenir y devolverla al redil.

Al menos no está en Nueva Zelanda, dice Tilly, tratando de hacer un chiste.

Apaga, por favor, le ruega Antonia.

Tilly le hace caso, pero no sin soltar un golpe: Siempre te sales con la tuya.

Se quedan acostadas en la oscuridad, intercambiando historias del pasado, tratando de encontrar cuándo fue que notaron que su hermana mayor se había descarriado.

¿Te acuerdas de esos berrinches que le daban cuando era pequeña y se golpeaba la cabeza contra el piso si uno le llevaba la contraria? ¿O que se arrancaba el pelo y tenía una parte de la cabeza calva? ¿O cuando trató de contactar a Michelle Obama para ofrecerse a diseñarle el vestido para la toma de posesión? No importa que no fuera capaz ni siquiera de ponerle un botón a una blusa. ¿O cómo se enamoraba de los peores hombres y rechazaba a los más dulces? Me gustan los retos, decía. Como si ella misma no fuera suficiente reto de por sí. Escandalosa, estrafalaria, graciosísima. Siempre se habían reído de sus travesuras. Pero, vistas desde cierta perspectiva, ¿no serían estas características indicios de una desconexión con la realidad que, al no haberse tratado, se había vuelto un peligro para la propia Izzy? Antonia sigue hablando antes de darse cuenta de que Tilly está roncando.

La verdad es que nunca tuvimos elección, dice Tilly entre sueños, a propósito de algo que Antonia no logra adivinar.

El día del cumpleaños de Antonia amanece gris e inquietante. Afuera sopla un viento helado, y las campanas resuenan con notas discordantes que la agitan hasta la médula. Tañen por la gente de Christchurch, por Sam, por Estela, por Mario, por Izzy. No suenan a ciencia ficción, el tono de llamada del día, sino que es un simple clamor metálico. El estruendo del infierno.

No han vuelto a saber de Izzy, aunque Antonia espera que, como es su cumpleaños, la llame. Es una fecha que difícilmente puede pasar por alto, pues marca el inicio de las cuatro semanas que separan el cumpleaños de Antonia del de Izzy, y durante ese periodo ambas tienen la misma edad. A Izzy le molestaba mucho, cuando eran niñas, que Antonia le recordara, ¡Tenemos la misma edad! ¡Tenemos la misma edad! ¡No me puedes mangonear! Y por eso el cumpleaños de Antonia debe estar grabado en la memoria de Izzy. Hasta donde alcanzaba a recordar Antonia, Izzy siempre había sido la primera en llamarla ese día, despertándola para cantarle "Las mañanitas".

Siguen intentando telefonearle, pero las llamadas entran directamente al buzón. Puede ser que se haya descargado, sugiere Kaspar, cosa no del todo imposible dada la negligencia de Izzy con los asuntos de carácter práctico.

Entonces, ¿llamamos a la policía?, pregunta Tilly, mordiéndose los labios con disgusto. Las cuatro hermanas sienten cierta aversión por las autoridades, cosa que tal vez sea un rasgo de inmigrantes, creen, combinado con su pasado hippie.

Pero, ¿qué van a reportar? ¿Que Felicia Isabel Vega ha desaparecido? No están seguras. Conociendo a Izzy, bien puede haber encontrado a alguien junto a la carretera pidiendo que lo llevaran varios estados más allá. O puede haber descubierto otra opción para su centro latino, y se habrá registrado en un hotel de la carretera, a la espera de que sea lunes para llamar a los agentes inmobiliarios y preguntarles por propiedades a la venta.

Pasan toda la mañana y la mayor parte de la tarde esperando. Pronto será la hora de ir a recoger a Mona al aeropuerto. Kaspar va con ellas y las espera en el carro mientras corren adentro, alegres de tener la distracción de organizar la reunión con Mona, intercambiando mensajes de texto, rastreando cada minuto dónde se encuentra, como si estuvieran haciendo aterrizar a distancia una cápsula del espacio exterior. Mientras esperan, Tilly mira alrededor con recelo. Tienen a Nueva Zelanda en la mente. La verdad es que me siento muy rara en los aeropuertos, dice. ¿Acaso ese tipo de allá no se ve sospechoso?

¿Qué tipo?, pregunta Antonia. O todos se ven sospechosos, o ninguno.

Tilly señala.

¡Por Dios, Tilly!, Antonia tira de su brazo para bajarlo. Ya está teniendo suficientes problemas con una sola de las hermanas. ¿Cómo se las irá a arreglar con dos o tal vez tres?... una en pleno furor de entusiasmo; otra, sin el menor autocontrol, y la tercera, que llega con quejas y agravios por resolver. Acuérdate de ser amable, le recuerda Antonia a Tilly cuando divisan a Mona que baja por la escalera eléctrica y ya entonces se ve irritada. Es lo que deseo para mi cumpleaños.

Tilly deja escapar un gruñido grave, cual animal en modo de ataque. Pero cambia su actitud para agitar la mano ansiosa, saludando a Mona. Y Antonia se da cuenta de que no le grita *Bitch!* para llamar su atención. Esa hermana, al fin y al cabo, tiene algo de autocontrol.

Mona y Tilly hablan de todo y de nada en el camino hacia la calle Happy Valley. Tilly ha reducido su negocio de *catering*. Mona está dándole un giro a su enfoque de terapia para dedicarse solo a perros. No, no, no. No es que vaya a hacer terapia para perros, sino que planea usarlos para tratar a las víctimas de traumas. Sus hijos están bien, cuenta Tilly. Un contrato jugoso. Una casa nueva. Grandes dificultades para equilibrar la maternidad con un trabajo de tiempo completo. Ascensos y premios, privilegios que se pierden y condiciones que empeoran, el mercado de valores de la vida. Los nietos son increíbles, bellos y brillantes, y están destinados a alcanzar la gloria, como todos los nietos. Antonia no se atrevería a decirlo, pero le parece que todos sus amigos que ya son abuelos, aun cuando no suelen ser jactanciosos, presumen sin la menor vergüenza de lo extraordinarios que son sus nietos. Ya nadie tiene bebés comunes y corrientes, sino notables, ¿has visto?, le preguntaba a Sam al regresar de una cena en la que habían circulado los números de los celulares para mostrar videos de la pequeña Sofía, u Olivia o Timothy. Su única falla es que no hablan español. ¡Qué lástima! O alemán, agrega Kaspar desde el asiento de adelante. Monolingües, murmura, como si fuera una deficiencia vitamínica que más adelante iría a provocarles problemas.

Las tres hermanas van atrás, Kaspar solo en el asiento de adelante, relegado al puesto de chofer, los cuñados se convierten en mandaderos cuando las hermanas se reúnen. Antonia no hubiera tenido problema en sentarse adelante con Kaspar, pero aunque no participe mucho en la conversación, su presencia es requerida.

En los últimos años, incluso antes de la muerte de Sam, Antonia se ha sentido a menudo desconectada de sus hermanas (*Nunca darás a entender que es posible sobrevivir sin ellas, o que querrías hacerlo*). Se ha desprendido del hilo que las mantenía unidas. A lo mejor era la influencia de la ecuanimidad de Sam y sus muestras de afecto consistentes y menos ruidosas. Su familia le parecía tan reactiva, hiperreactiva, el colmo de reactiva... no solo Izzy. Papi con sus ninguneos. Mami con sus colapsos. Los gritos, las amenazas, las pelas con un cinturón, seguidas por una profusión de disculpas y regalos.

¿Qué te pasa, cumpleañera?, le preguntan sus hermanas a Antonia una y otra vez, y luego Mona responde en su nombre. Qué injusto que esto pase el día de tu cumpleaños.

Antonia se encoge de hombros. Pero, en la oscuridad del carro, nadie nota el gesto. No parece que el hado hubiera declarado una moratoria para la maldad: ¡Esperen! ¡Esperen! No echemos a perder el día de Antonia. Pasemos la matanza de la Iglesia de Cristo para el día después de su cumpleaños.

Estás tan callada, Mona insiste. ¿Sucede algo?

Las estoy escuchando, nada más, contesta. Y luego, para dejarlo claro, pregunta si alguna vez les ha contado lo que dice el hombre callado en la cena en una de las novelas de Barbara Kingsolver.

Antes de que pueda continuar con la historia, Tilly y Mona la interrumpen con una risotada. Sí, hermana, hemos oído esa cita muchas, muchas veces. Su pesadez es reconfortante. Las otras vuelven a su chismorreo, mientras Antonia mira por la ventana, su reflejo superpuesto en una hilera interminable de tiendas, centros comerciales, estaciones de gasolina que pasan veloces, todas vulnerables ante alguien que lleve un arma en su mochila, un artefacto explosivo adherido a su abdomen, alguien con la intención de hacer daño.

Se sacude para zafarse el horror. Un mordisquito, un sorbo, el sendero angosto.

Es ese momento del día en que la luz que va palideciendo la puede poner de un humor sombrío. Piensa en Deméter castigando a la tierra por la desaparición de su hija. Es una pérdida que Antonia no tiene que anticipar o experimentar porque nunca ha tenido una hija. No hay mal que por bien no venga, diría Mami. Pero Antonia jamás vivirá ese amor telúrico de una madre hacia su hija. Ha tenido asomos de lo que podría sentirse, a lo largo de los años, con los hijos de Tilly, los de sus amigos, unos cuantos estudiantes cercanos. Y ahora mismo con Mario y Estela, aunque se ha dicho que en este momento no se puede dar el lujo de sentir esas cosas.

¿Hacemos una votación?, pregunta Tilly. Antonia no sabe bien por qué van a votar. Para decidir si irán a la estación de policía o no. Sus dos hermanas están de acuerdo, Kaspar no, y Antonia, con su voto de desempate, traiciona a las hermanas y se pone del lado de su cuñado. Debían dar un paso atrás, llamar a unas cuantas personas, a los amigos de siempre de Izzy; ¿no había algún enamorado recientemente?; la última tía que les queda viva, a quien Izzy a veces escucha... Algo así, antes de hacer cualquier cosa.

Es una noche lúgubre, pero siguen adelante con la cena de cumpleaños para Antonia. Tilly le ha preparado sus platillos preferidos, aunque Antonia no recuerde que sean sus favoritos, pero le sigue el hilo a su hermana. A estas alturas, se ha convertido en un ser ficticio, la Antonia que forma parte de las hermanas, a la cual se le adhieren gustos y predilecciones. Representa su papel, exclamando maravillada al ver los pimientos rellenos, la calabaza gratinada con queso gruyere, el suflé de espinacas... Los platillos siguen llegando a la mesa. ¿Acaso Tilly invitó a todo el pueblo a su cumpleaños número sesenta y seis o algo así?

Tilly recoge los platos, insistiendo en que nadie más se levante, y tras mucho ruido en la cocina y un rato de silencio en el que la puerta lateral cruje al abrirse cuando Tilly sale, sin dudas a fumar, regresa con un pastel tamaño fiesta de bodas, encendido con lo que deben ser más de veinte velitas. Feliz cumpleaños, canta, y Mona y Kaspar se unen al canto. ¡Pide un deseo!, insisten todos. Antonia cierra los ojos. Su primer cumpleaños sin Sam, Izzy desaparecida, la matanza en la Iglesia de Cristo. El humor sombrío le tiende una nueva emboscada. Deja salir el sollozo que no puede contener y las lágrimas le corren por las mejillas. Mona y Tilly se apresuran a su lado, alarmadas. ¿Qué te pasa? ¿Qué te pasa? No hace falta más que una hermana empiece para que al momento estén todas gritando.

Jamás permanecerás indiferente cuando otra hermana llore: otra regla de las hermanas.

4

Desaparecer no es un delito

NO ES UN DELITO desaparecer, les informa el oficial Morgan.
Si uno es mayor de edad, puede desaparecerse, y no es asunto de
nadie más que de uno mismo. Sin embargo, por una de esas
paradojas del ejercicio de la ley, esas personas deben ser reporta-
das con presteza. Aunque nada pueda hacerse, en sentido es-
tricto, las autoridades quieren saber si alguien ha hecho uso de
su legítimo derecho a desaparecer.

Las hermanas expresan su sorpresa. Estaban convencidas de
que la policía se abalanzaría de un salto sobre este caso. ¿Qué
hay de todos esos programas en la televisión?

Las cosas no funcionan así, y el oficial Morgan les explica las
complejidades de la ley. Tiene una apariencia desaliñada... pasado de peso, pálido, con pequeños cortes en la quijada.

Mona, que según los frecuentes comentarios de su mamá
debió haber sido abogada, señala que eso es una total ridiculez,
una situación sin salida como sacada de *Catch 22*. El oficial
frunce el ceño; no entiende a qué se refiere. Antonia le lanza a su
hermana menor una mirada de advertencia: Ramona, por favor.
Necesitamos tener a la policía de nuestra parte.

Es una novela, aclara Antonia. Es increíble la facilidad con la que vuelve a encarnar su antiguo papel de profesora. ¿La ha leído?

No, señora, no la ha leído. ¿A qué hora va a tener tiempo de leer cuando tiene tres niños a su cargo? (¿Divorciado? ¿Viudo? No da detalles). Siempre a la carrera, y puede ser que haya sido por eso que se cortó cuando se afeitaba. Parece que su cara hubiera sido arañada por algún sospechoso apresado por sus compañeros, antes de que estos consiguieran derribarlo al suelo.

Las hermanas han llegado a la estación para poner la denuncia, tras dejar a Kaspar a cargo del teléfono fijo. No soportaban un minuto más de espera. Hasta la misma Antonia había cambiado su voto en contra de acudir a la policía. Kaspar había tratado de calmarlas. Seamos razonables. Probablemente habrá una buena explicación. Podemos ir con la policía mañana. No hay necesidad de ir hasta allá ahora, de noche.

No lo entiende, murmuró Mona. Es como si este hombre tuviera el corazón en la cabeza.

Acuérdate que no es dominicano, sale Tilly a defender a Kaspar. Es un buen marido. No me ha dejado nunca. Tilly provee detalles cuando le piden que sea más específica en cuanto a eso de ser un buen marido. No es violento. Le gusta mi sazón.

La descripción entristece a Antonia. El gran amor con el que todas soñaron de jóvenes ha quedado reducido al dudoso elogio de los horrores conjurados: al menos no me casé con un asesino, al menos no es un criminal, al menos no mató a su padre y luego se casó con su madre. Así nos llena de embustes la literatura.

Somos las de las emociones fuertes, las que tenemos corazón, afirma Mona.

Está bien apropiarse de todos los adjetivos atractivos, esa categorización étnica no es condenable cuando uno pertenece a uno de los grupos discriminados.

El policía Morgan sigue refiriéndose a su hermana como Felicia Vega. ¡Si ella llegara a oír que le dice así, lo mataría! Al igual que con muchos de sus pensamientos, Antonia se lo guarda para sí misma. No es buena idea amenazar a un oficial de la policía, aunque sea en sentido figurado. En realidad, responde al sobrenombre de Izzy, termina por corregirlo. En cuanto a su ocupación, solía ofrecer servicios de sicoterapia en un consultorio de varios terapeutas. Se retiró hace un par de años.

Una foto nos serviría mucho, dice el oficial. Aunque parezca increíble, las hermanas descubren que ninguna de ellas tiene una foto de Izzy en el celular. Es como si estuvieran inventando una hermana ficticia. Le mandaremos una por *email*, promete Tilly.

¿Y qué hay de sus rasgos físicos? ¿Alguna marca que permita identificarla? ¿Perforaciones, tatuajes, cicatrices?

Las hermanas cierran los ojos, cada una absorta en un examen de memoria del cuerpo de Izzy. Hay cierta discusión con respecto a la estatura: cinco pies y tres pulgadas, ¿o cuatro? Pero por ningún motivo los cinco pies cinco pulgadas que ella suele decir; peso, cualquier cosa entre cien y ciento quince libras, pues varía con su estado de ánimo y las dietas. ¿Recuerdan cuando estuvo en fase de practicar la inedia? Les dice Mona a sus hermanas. Estaba convencida de que podía sobrevivir nada más a base de aire y sol. Las tres se lanzan a las reminiscencias.

El policía se pasa la mano por la cara una y otra vez, como si fuera un pizarrón que puede borrar.

La muesca que le quedó en el diente central superior cuando cayó de cara al suelo por querer demostrar que podía volar desde una rama no muy alta de un árbol del patio; los pies muy angostos y huesudos que le dificultan encontrar zapatos adecuados; las uñas mordidas hasta el tronco, y ¡ah! tiene una marca de nacimiento diminuta en la muñeca izquierda, con forma de avión. Cada vez que se subía a un avión, tenía que traer a colación su mancha. Les anunciaba a sus compañeros de asiento que una especie de adivina, una santera, le había predicho que iba a morir en un accidente aéreo. Lo decía sabiendo muy bien en qué se metía, como toda una amante del dramatismo que siempre andaba alborotando las cosas. Después del 11 de septiembre, no era una buena idea repetirlo por todo el temor de terroristas que andaban haciendo explotar aviones. Un par de veces, una azafata tuvo que pedirle que se guardara sus predicciones para sí misma, o tendrían que acompañarla a la puerta del avión para desembarcar.

El policía Morgan se limpia la cara una vez más. Si siguen con esto, va a tomar ese formulario y a partirlo en mil pedazos, Antonia les recuerda a sus hermanas en español.

Cuando termina de transcribir todas sus historias, el oficial Morgan empieza a ordenar su escritorio, poniendo fin al encuentro, cosa no muy diferente de aquella vieja costumbre dominicana de poner una escoba junto a la puerta para que la visita sepa que ya es hora de despedirse. Ha hecho todo lo que puede hacer. Va a ingresar toda la información de Felicia en su computadora y, a menos que haya pruebas de algún acto delictivo, o problemas mentales (y eso también requeriría una prueba, agrega cuando a las tres se les ilumina la cara), no hay mucho más que él pueda hacer. Hay algunos sitios de internet con registros de personas desaparecidas, donde las hermanas pueden publicar fotos y la descripción de la persona extraviada, y así la búsqueda tendrá alcance mundial.

El oficial anota el teléfono de casa de Tilly y los celulares de las tres, y las despide con un "Estaremos pendientes" que no lo compromete a nada. Esas situaciones de personas desaparecidas se resuelven por sí solas el noventa y cinco por ciento de las veces.

¿Tiene datos que puedan respaldar esa afirmación?, lo reta Mona. Otra mano pasa por la cara del policía, en un gesto que ha repetido tantas veces que varios de los cortes han empezado a sangrar de nuevo, dejando diminutas lágrimas rojas que parecen marcas de nacimiento, por todo su rostro cansado.

...

¡Qué idiota!, se desahoga Mona una vez en el carro. ¿Vieron como tenía la cara llena de arañazos? Apuesto a que golpea a su mujer. Apuesto a que ella trató de defenderse con las uñas.

¡Qué gracioso!, dice Tilly, siguiéndole la cuerda. Apuesto a que por eso le dio tan poca importancia a lo de Felicia Vega. Lo dice imitando la mala pronunciación del policía.

No puedo creer que jamás haya oído hablar de *Catch 22*, agrega Mona, un defecto más. ¡Si incluso la mencionan en las preguntas de *Jeopardy*!

Sus hermanas hacen lo mismo cada vez que salen de un lugar en donde ha sucedido algo: se dedican a retirar toda la carne de los huesos, analizando, juzgando, profiriendo exclamaciones sobre los diferentes personajes, una especie de sistema digestivo en común de las hermanas.

Vamos, chicas, seamos justas, les dice Antonia desde el asiento de atrás.

¿Cómo puedes decir eso? ¡Era un perfecto idiota!, Mona se ha dado la vuelta para mirarla. El interior del carro está demasiado oscuro para alcanzar a ver la expresión indignada de Mona, pero Antonia sabe que está ahí.

De regreso en la casa, las tres hermanas confiscan la portátil de Kaspar y se pasan horas visitando los listados de personas desaparecidas desde Massachusetts hasta Illinois. Han tenido que consultar en Google varias veces para estar seguras de cuáles estados limitan entre sí para seguir todo el recorrido hasta donde Tilly. La única geografía que aprendieron de niñas fue la de su media isla.

¿Será que publican un perfil de Izzy? ¿O tal vez eso solo servirá para atraer el fukú de la mala suerte? A lo mejor Kaspar tiene razón. Tal vez es solo la exagerada reacción típica de la familia, y lo que necesitan es calmarse un poco. El oficial Morgan dijo que la mayoría de las veces, y en especial con personas mayores de edad, estas "desapariciones" se resuelven solas. Y a Izzy le encantará el efecto dramático de aparecer de repente cuando menos se la espera.

Mientras ojean los perfiles de desaparecidos, Antonia se da cuenta de que se entretiene entre uno y otro, tal vez con la esperanza de reconocer una cara. Samuel Sawyer, 71, visto por última vez camino a su restaurante preferido una noche a finales de junio, adonde iba para celebrar la jubilación de su esposa.

Mona es la primera en derrumbarse. Se culpa por no haber insistido más en intervenir desde antes. Sospechaba desde hacía tiempo que Izzy no estaba bien, y que había empeorado en los últimos dos años. Izzy, con sus grandilocuentes planes de salvar al mundo, rabiosamente entusiasta durante sus fases maníacas, para luego hundirse en las sombras donde nada ni nadie puede alcanzarla, al igual que los astronautas cuando están detrás del lado oculto de la luna. Pero se habían acostumbrado a eso, haciéndose inmunes a las locuras crónicas de Izzy, llegando incluso a divertirse por lo absurdas que podían llegar a ser. En el fondo, no habían querido ocuparse de cuidar a su hermana. Vivir la propia vida ya era un trabajo a tiempo completo. Mona se lamenta del hecho de que no tiene una sola foto de su hermana en el iPhone, y en cambio montones de sus perros.

Tus perros son importantes, le recuerdan sus hermanas una y otra vez. Anda, Mo-mo, no te culpes. No es culpa de nadie.

O más bien es culpa de todas, piensa Antonia, acordándose de las veces que aconsejó a Izzy que se cuidara para no convertirse en una carga para otros, lo cual era otra forma de decir, estoy abrumada por tus exigencias.

Pero Mona está inconsolable. No puede parar, se dobla, se balancea y chilla, con un lamento que tiene algo de la antigüedad. ¡Quiere saber dónde está su hermana! Izzy, que no se ha manifestado en las últimas cuarenta y ocho horas, ni siquiera para mandarle un mensaje de texto deseándole feliz cumpleaños a su hermana, que por una breve temporada es su melliza; Izzy, que había llamado desde algún lugar en el oeste de Massachusetts cuando iba de camino a Ill-y-noise, luego de ocuparse de cosas varias relacionadas con comprar un motel abandonado para poder alojar allí a su revolución de artistas migrantes.

Todo eso suena a locura total. Antonia se pasa la mano por la cara, evocando el gesto del oficial Morgan. Tres hijos. ¿Cómo podrá arreglárselas si es divorciado o viudo? ¿Y más cuando está en el turno de la noche? A Antonia se le encoge momentáneamente el corazón con ese peso.

El camino estrecho, el camino estrecho, se dice, obligándose a retroceder una y otra vez. Todo eso es cosa del policía, así como los asuntos de Mario y Estela son de ellos y de nadie más, y los suyos propios no le incumben sino a ella. Pero a Antonia le está costando mantener todo eso separado. De seguir con esos pensamientos, acabaré en la locura; no más, no más, se dice. Siempre ha funcionado como una barandilla para protegerse, de las mejores que se han pensado y dicho. "La cultura es una gran ayuda en las difíciles circunstancias actuales", recuerda una discusión sobre el ensayo de Matthew Arnold. Su seminario de estudiantes de último año parecía dudar. Eran jóvenes que habían crecido tomando medicamentos para el déficit de atención, la ansiedad, los desórdenes de comportamiento y de ánimo. En cambio, Antonia había leído a Arnold; había tomado dosis diarias de sus poemas preferidos, de sus novelas y obras de teatro favoritas; había practicado meditación a ratos durante años.

Y, pese a ello, no parecía capaz de mantener a raya a los dragones del mundo. Es un problema de siempre, razón por la cual esa tendencia suya a recluirse, a construir ese muro cortafuegos que otros deben traer ya incorporado como parte de un sistema operativo emocional sano. Piensa en el oficial Morgan en su turno de noche, llamando a casa para ver cómo están sus hijos, para asegurarse de que no están haciendo nada que no deban, como visitar sitios web prohibidos o ver videos subidos de tono; para recordarle al mayor que caliente los macarrones con queso que hay en el refrigerador para darles de cenar a los más pequeños, y que lave los platos. Entonces, hasta mañana, no se les olviden sus oraciones, imagina Antonia que dice. Asegúrate de cerrar bien la puerta del frente y la de atrás, hay un montón de gente loca suelta... tres acaban de visitar la estación y una cuarta sigue todavía libre.

Las tres hermanas finalmente se deciden a publicar un perfil. Discuten sobre cómo describir a Izzy, incluso qué foto usar, todas escudándose en qué querría Izzy que pusieran, como si se tratara de una viñeta titulada "Hermana adorada". Ya parece como si estuviera muerta, coño, dice Tilly, llorando.

Contactan al oficial Morgan o a alguno de sus colegas varias veces al día. Han descargado la lista de puntos a tener en cuenta cuando desaparece una persona, que aparece en la página outpostforhope.org, que promete la esperanza. Ya hicieron todas las llamadas que se recomiendan allí, y unas cuantas más: a familiares, amigos, a su antiguo lugar de trabajo, aunque Izzy no hubiera estado empleada en los últimos dos años. Sucede que la despidieron del consultorio de salud mental en español que ayudó a establecer por algo relacionado con que no siempre tuvo claro el límite entre lo personal y lo profesional, llegando al punto de habilitar una especie de refugio en su sótano para abuelitas abandonadas que lloraban a sus hijos o nietos desaparecidos. Sí consiguió algún tipo de indemnización o bonifica-

ción por invalidez, y una suma mensual de sus padres, mientras
estos aún vivían. También había acabado de vender su casa, así
que tenía esas reservas, que debía ser lo que planeaba usar para
comprar propiedades abandonadas en el oeste de Massachusetts.
En Boston, donde ha estado viviendo, parece que se quedaba a
dormir donde amigos, unos u otros, pero luego algo pasó y los
dejó. Tan solo una amiga, Maritza, tuvo contacto reciente con
ella. Izzy le pidió que formara parte de la junta directiva del
Centro de arte migrante. Y no tuve corazón para rehusarme,
explica Maritza.

A sus hermanas también se lo había pedido y ninguna tuvo
corazón para aceptar. ¿Para qué fomentar las chifladuras de
Izzy? A pesar de lo que las demás han diagnosticado como patología, Antonia a veces tiene la sensación de que hay algo noble
en la locura de Izzy. Tan diferente de la innoble astucia y las
varias tretas a las que ella recurre a veces, parte de su equipo de
supervivencia de inmigrante.

Maritza recuerda el nombre del pueblo donde se localizaría
el centro artístico. Suena como *asshole*, como "pendeja", dice
Maritza, deletreando el nombre: A-t-h-o-l. Lo buscan en Google y allí está, en el condado de Worcester.

La verdad es… dice Tilly, meneando la cabeza.

¿La verdad es qué?, pregunta Antonia, siguiendo el juego.

¡Athol! , dice Tilly, con picardía.

Incluso si arde Troya, las hermanas no pueden evitar echarle
más leña al fuego.

Llaman a hospitales, a la policía de carreteras, a los refugios
para las personas sin techo, a los moteles de carretera que Google
les muestra en las rutas entre el pueblo de Athol y la calle
Happy Valley, en Enfermo-y-ruido, o Ill-y-noise. Parece men-
tira, piensa Antonia, tan solo los nombres que suenan a alegoría
la hacen sentir como si hubiera entrado en un viaje como el
que se describe en *El progreso del peregrino*. Pero ¿de qué sirve un

mapa de Google? Conociendo a Izzy, no hay ninguna garantía de que fuera a tomar la ruta más corta o la más pintoresca o ruta alguna. Decir que es como buscar una aguja en un pajar no alcanza a dar una idea de la situación en la que están. Más bien, como encontrar un grano de arena en una playa donde el viento está constantemente volviendo a esculpir las dunas.

Con el pasar de los días, Antonia comienza a sentir el deseo de regresar a casa. Necesita volver, regar sus plantas, llenar los comederos de los pájaros. Allí, en el último coletazo del invierno, los reyezuelos, azulejos y jilgueros empiezan a llegar. Se suponía que ese sería un viaje breve de cumpleaños, así que ni siquiera dio aviso en la oficina de correos para que le guardaran la correspondencia. El buzón debe estar repleto, una señal clarísima para los ladrones. Aunque, pensándolo bien, ¿qué hay en su casa que se puedan robar? Lo más valioso que podrían llevarse ya no está.

Pero si abandona el lugar hacia el cual Izzy se dirigía, según lo último que se sabe de ella, se sentirá como una desertora huyendo de casa de Tilly, en esa calle de nombre tan irónico, en ese estado de nombre tan acertado. Y aunque Antonia era/es/por siempre será la hermana más egoísta que se aleja de las otras, ahora es (espera que sea algo temporal) la hermana mayor que debe hacerse cargo de sus hermanas, y no dejar piedra sobre piedra hasta que hayan encontrado a Izzy dondequiera que se haya metido o, Dios no lo quiera, dondequiera que la hayan enterrado.

Un sorbito, un pedacito, se dice.

Finalmente, tras algo más de una semana de estar juntas sin saber ni una palabra de Izzy, las hermanas convienen un plan. Mona viajará a Boston y se quedará allá unos cuantos días, hará el reporte en el departamento de policía de la ciudad, hablará con Maritza y con antiguos vecinos de Izzy, colegas y viejos amigos. Tilly recorrerá la ruta que su hermana extraviada podría haber tomado, y pondrá avisos de su búsqueda en las estaciones de gasolina y paradores que encuentre en el camino. Ya ha pegado uno en su Toyota, toda una conmoción ver la cara de Izzy adornando un lado de la camioneta, como si su hermana estuviera haciendo campaña política o anunciando su centro de arte.

Ya que las hermanas se van a dispersar, Antonia siente que al fin puede desprenderse, volver a casa y continuar con la búsqueda en línea desde allá, por ahora. Como dijo el oficial Morgan, estas desapariciones suelen resolverse por sí mismas. ¡Izzy tiene que estar en algún lugar! Ha probado ese mismo argumento con Sam, sin resultados positivos. La verdad es que, parafraseando a Tilly y a su madre, la verdad es que no hay verdad ninguna en la que pueda apoyarse.

¿Qué más pueden hacer antes de despedirse? Lo último que figura en la lista de qué hacer en caso de una persona desaparecida es contratar un detective privado. Entrevistan a varios investigadores retirados cuyos nombres aparecen insistentemente en los sitios web sobre personas desaparecidas. Ninguno les inspira confianza, aunque podría ser nada más la manera en que Skype distorsiona los rostros, haciendo que todo el mundo parezca visto a través de una cámara de seguridad. El cargo mínimo es cien dólares por hora, unos ochocientos al día, sin contar con gastos de viaje y más para búsquedas que involucran más de un estado. ¡Diantre! Pero no hay que guardar pan para mayo. Ya nos llegó mayo. Cada día que pasa es crítico, les recuerda el detective Kempowski. Lleva una camisa blanca, corbata, y Antonia no puede dejar de pensar que su apariencia le recuerda al encargado de una funeraria. Pero este detective tiene una tasa de éxito del noventa por ciento en cuanto a las personas cuya desaparición ha tenido que investigar. Hasta la propia Mona ha perdido su ánimo polémico y no le pide pruebas.

A decir verdad, absolutamente toda la verdad, dice Kempowski en tono apesadumbrado, y Antonia encuentra esa frase aún más sospechosa que las verdades de Tilly, la verdad es que ese diez por ciento que no he encontrado es una fuente de obsesión.

A Antonia le parece que un detective privado obsesionado, y que además se ocupa de absolutos, no es el mejor candidato para descubrir el paradero de Izzy. Pero lo cierto es que cosas más extrañas se han visto. El mundo está loco. Mona tiene absolutamente toda la razón.

En el camino a su casa desde el aeropuerto de Burlington, los ánimos se le desploman. El recorrido le muestra vistas bellísimas del lago, las Green Mountains, los Adirondacks, los rayos de sol que se filtran a través de intersticios entre las nubes, creando zonas luminosas y radiantes, como si Dios quisiera darle realce a alguna parte muy especial de su creación. Pero Antonia no tiene a quién decirle "Mira eso". Más valdría fijarse en las cosas tristes y oscuras que no querrá compartir con nadie. Los árboles que aún no retoñan, los nidos abandonados, visibles entre las ramas esqueléticas. Los pájaros escasean, pues quizás saben que no deben encaminarse al norte hasta tener la certeza de que sus comederos de la ruta ya han sido llenados. El lago se ve vidrioso y refleja un cielo gris. Pero hasta eso puede ser engañoso. El hielo es delgado. Hay niños patinando en el estanque que bordea el bosque. A lo mejor Antonia también desaparece, manejando hacia el sur hasta que las colinas se vean color esmeralda y el cielo de ese azul tierno que desata la maravilla, maravilla, maravilla.

¡Hola, Sam!, grita muy alto en el carro cerrado. ¡Anda! Dame una señal, por pequeña que sea, una nube con alguna forma especial, un avión diminuto en la distancia, que vaya dejando una gruesa estela reconfortante, que me indique que estás ahí. Cualquier señal me servirá.

De seguir así acabaré en la locura. Antonia se aleja del borde, diciéndose que debe ser positiva. Al menos es un alivio alejarse del núcleo enrarecido de las hermanas. Aunque también las extraña, a Tilly y a Mona, y también a Izzy, por Dios. Ya les ha mandado mensajes de texto, a ellas y a Izzy. "Aterricé en Vermont. Las echo de menos a todas". Lo bueno de los mensajes de texto es que plasman sentimientos sencillos, de fácil comunicación, adecuados para los emoticonos. No hay sentimientos encontrados.

Toma una salida de la autopista para seguir las curvas hacia su camino de tierra, pasando frente a casas cuyos habitantes conoce desde hace treinta años: la anciana señora Gaudet, que perdió a su marido hace décadas (en las noches en que Antonia regresa a casa tarde, ve la lucecita abandonada en una ventana. ¿Será la cocina, la habitación, el baño?); la exprofesora de francés y su compañero, las dos sillas de Adirondack cual girasoles en el verano, que van moviéndose por la hierba a lo largo del día para recibir el sol de frente; la casa deteriorada con su asta y su bandera andrajosa y la malhumorada señora envuelta en su cárdigan, que nunca saluda; la casa que se renta, cuyos inquilinos temporales siempre parecieran tener niños que dejan sus juguetes plásticos baratos tirados por todo el patio de tierra; la casa remodelada que la pareja gay rodeó con una cerca alta, probablemente para protegerse de la visión de esos juguetes plásticos. Y luego, en la casa de al lado, su vecino Roger.

Al pasar delante de la granja, Antonia se pregunta cómo habrá sido el reencuentro de Mario y Estela. Ha estado pensando en ellos intermitentemente. ¿Se subiría Estela al autobús con rumbo este? ¿A quién habría reclutado Mario para recogerla en la estación de buses de Burlington? ¿Cómo sería la situación del alojamiento? ¿Se habría arrepentido Roger? Antonia podría entrar a casa de este, estacionar frente al remolque, golpear a la puerta y preguntar ¿Cómo están? Pero eso supondría estimular una continua dependencia que, como le sucede al oficial Morgan con la lectura, Antonia no tiene la energía para sobrellevar en este momento.

No olvide cuidar a las personas que se ocupan de cuidar a otras, es la frase que el sitio web sobre desapariciones incluía en su listado descargable para familiares de personas desaparecidas. "Usted también merece algo de amor, consideración y atención". A Antonia se le han desaparecido dos de las personas que más quería en el mundo. A pesar de eso, le molestan esas palmaditas animosas... los merecimientos. Necesitas algo de tiempo para dedicártelo a ti misma, le recomendó a Antonia una antigua colega cuando se encontraron por casualidad en el pueblo. Parece el producto de una forma de pensar privilegiada que se cree exenta de los males que debe afrontar el resto del mundo. Antonia se acuerda de un reportero frente a un vecindario devastado por el huracán Katrina en Nueva Orleans, que señalaba asombrado, "Estamos acostumbrados a este tipo de imágenes en Haití o África, pero se supone que no debería pasar aquí". Antonia reproducía esos minutos de video en sus clases. ¿Acaso el sufrimiento lastima menos si uno es pobre?, había preguntado ante el salón atestado de jóvenes estudiantes.

Solo las miradas calladas y oscuras de los dos estudiantes que pertenecían a grupos minoritarios le hicieron saber a la profesora Vega que entendían a qué se refería.

Y aunque desaprobaba semejante actitud, se ve adoptando esa misma prerrogativa privilegiada. ¿Por qué iba a tener que encargarse de tantas cosas? No soy el santo Job, le recuerda a ese Dios al que solo acude cuando se siente alterada. Vestigios de Mami. Tantas promesas hechas, y rotas una vez que era evidente que Dios no iba a ceder el control. Quizás la única diferencia entre Antonia y los despreocupados que comparten esa actitud es que ella reconoce lo que está haciendo.

¿Y eso a quién beneficia? Se imagina a Sam rechazando la ligereza de sus exoneraciones. Y a lo mejor es así como él seguirá regresando, abriéndose paso a través de las murallas que cercan su angosto camino con sus sugerencias, sus preguntas, sus puntos de vista.

Y allí está, encaramada en la cima de una colina, la casa de ensueño que Sam construyó en una pequeña subdivisión del que antes fue su lote, y que ahora ha quedado para que ella la habite sola y encuentre en cada detalle algo que él investigó: las ventanas con un toldo, para que así la lluvia nunca caiga hacia el interior; las cerraduras de las puertas con palancas en lugar de perilla, más fáciles de usar en la vejez; la losa de la cantera cercana; los pisos de concreto con calefacción; el sistema de ventilación que ella no tiene idea de cómo funciona. Lo que normalmente le producía placer, la vista de la casa que le aceleraba el corazón al acercarse, ahora le trae un dolor en el pecho. Se acuerda de los amigos que la consolaron después del funeral de Sam, diciéndole que ese agujero que tenía en el corazón sanaría con el tiempo. Pero Antonia sospecha que eso no pasará, que más bien ella aprenderá a vivir con ese agujero.

Llega hasta el camino de entrada, presiona el botón que abre la puerta del garaje, evitando ver el espacio vacío a la izquierda de su carro, donde la camioneta de Sam solía estar estacionada, y que ahora ella donó a un taller en Burlington que se dedica a arreglar carros usados para donarlos a los necesitados, cosa que sabe que Sam aprobaría… Otra vez él permanece en las decisiones de ella, y en la nueva vida que tendrá el vehículo. Al apagar el motor, se da cuenta de que la puerta trasera del garaje está entreabierta. Por evitar mirar hacia ese lado, debió haberse olvidado cerrarla al irse de casa la semana anterior. Un ladrón pudo haberse metido, y tras cruzar el espacio donde solía estar la camioneta de Sam, entrar en la casa por el vestíbulo. Cómo se hubiera reído Sam, señalando lo poco que habrían servido toda su prevención y precaución.

Uno nunca sabe, recalcaba ella, a la vez que le envidiaba el papel de hombre confiado, de policía bueno. No solo las hermanas tienen papeles asignados. A lo mejor forma parte del vínculo con otros, de quienes hay que separar el yo.

Escucha un crujir desde el lado del garaje que asocia con Sam. Una flecha de temor da en el blanco de su corazón. Ahí está, al fin, el día que ella predijo. Un ladrón que espera a que ella llegue a casa, y Sam que ya no está vivo para que ella le pueda decir "te lo dije". Pero no, seguramente es un animal, un mapache o quizás un zorrillo, que de alguna manera se metió y no ha conseguido salir. Lanza una mirada recelosa al rincón oscuro, la puerta del garaje ya ha descendido tras ella. Una figura humana emerge de un nido construido con los cojines de los muebles del jardín apilados en el piso, y un saco de alimento para aves como almohada. Es una jovencita, tal vez una mujer, es difícil precisarlo. Los ojos son pozos luminosos en su rostro moreno. Tiene el pelo negro, con mechones que escapan de la larga trenza. Parece haber estado dormitando, y la llegada inesperada de Antonia la despertó repentinamente.

No es un ladrón amenazador, sino una jovencita asustada. Ahora percibe su olor, un cuerpo que no se ha bañado en muchos días. Se pone de pie, lista para huir, y es ahí cuando Antonia nota el abdomen pronunciado de un embarazo tan avanzado que la joven bien pudo haber llegado al garaje como los animales salvajes a las madrigueras, para parir a sus crías.

¿Qué te pasa?, le pregunta en español, pues algún mecanismo en su cerebro le indica que así debe hacerlo. La joven debe ser Estela. Y está en lo cierto. Antonia calcula, Roger le había dado una semana para quedarse, y el periodo de acogida ya se habría agotado. Y esa panza no debió haber hecho las cosas más sencillas con Roger. Qué vivo ese Mario, que no mencionó que su novia estaba embarazada.

¿Estela?, le pregunta a la joven asustada.

Al ver que no responde, lo intenta de nuevo con una voz más suave, como la que usaría con un niño atemorizado. La joven esconde la cara entre las manos. Un llanto silencioso, no los berridos dramáticos de Tilly y Mona. ¿Eres Estela?

La otra responde con un mínimo gento de asentimiento. Su voz amortiguada hace difícil entender lo que dice. Algo como que no tiene a nadie ni tampoco adónde ir. Es que estoy sola.

¿Cómo puede estar sola en el mundo cuando el novio acaba de mover cielo y tierra para traerla desde Colorado hasta Vermont?

Tienes a Mario, le recuerda Antonia, pero la mención del novio trae una nueva ronda de llanto, esta vez a mayor volumen.

Antonia se acerca despacio, preocupada de que la asustada joven decida huir. No hay nada qué temer. No es un crimen sentirse solo. Ya, ya, la consuela, buscando su mano.

5

Dar a luz

UNA VEZ EN LA casa, Antonia puede ver que Estela es todavía una jovencita a punto de convertirse en mujer. De hecho, si su familia en México hubiera contado con medios suficientes, probablemente estaría celebrando su quinceañera, en lugar de andar metiéndose en problemas con un novio que planeaba irse del país. Su rostro tiene una redondez dulce y casi infantil; sus ojos, una mirada de sorpresa que hace que se sienta un ataque de ternura en el corazón como el que produce un niño. Es bastante bonita, con la piel morena tan lisa y perfecta que parece bruñida. Antonia se descubre haciendo uno de esos cambios de perspectiva del Primer Mundo al Tercer Mundo que condena en otros: si a la joven se le pusiera algo de maquillaje, un buen corte de pelo, se la vistiera con ropa bonita, podría servir de modelo para cualquiera de esas marcas que promocionan la diversidad... el único problema sería la deplorable condición de su dentadura. Le faltan algunas piezas, y un incisivo parece roído por la caries.

¿Quieres algo de comer? le pregunta Antonia. No es que haya mucho en la casa, pues ella había vaciado refrigerador y despensa para no dejar alimentos perecederos antes de irse. Salsa y parmesano sobre galletas saladas de plato fuerte. De postre, las mismas galletas, pero con Nutella, de la cual solía tener siempre una buena provisión, pues a Sam le fascinaba. Pero todos los frascos, salvo el que ya estaba abierto, habían ido a parar al comedor de asistencia alimentaria.

Agua, no más, dice Estela, y se toma el primer vaso de un sorbo, y luego otro. Tras cruzar el desierto, probablemente nunca le parezca suficiente.

Antonia se muere de ganas de saber qué pasó en la granja. ¿Acaso Roger la había echado una vez que transcurrió la semana de gracia? Si fue así, ¿cuáles eran los planes de Mario? Pero un arraigado sentido de la cortesía la detiene. Cuando enseñaba *La Odisea*, solía señalarles a sus estudiantes que el papel del anfitrión conllevaba ciertos protocolos: antes que nada, estaba el saludo, la lavada de pies, la alimentación. Solo una vez que el invitado o huésped hubiera sido debidamente atendido, podía venir la compensación: ahora cuenta tu historia.

Sin embargo, un asunto apremiante le permite preguntarle a Estela.¿Cuándo vas a dar a luz?

La joven la mira impávida. Dar a luz, repite Antonia. ¿Será que en México se dice de otra manera? ¿Cuándo nacerá el bebé? Señala la panza redonda, y luego vuelve las palmas hacia afuera.

Estela se encoge de hombros. ¿Será posible que no lo sepa? ¿Nadie le habrá enseñado la ciencia de su propio cuerpo? Pero, entonces, ¿por qué se ve tan preocupada? Tal vez sí entiende, pero tiene miedo de dar una respuesta equivocada.

Será pronto, eso Antonia sí puede decirlo. Tendrá que llamar al centro de salud Open Door para hacer una cita y averiguar cuáles son las políticas del hospital, en caso de que comience el trabajo de parto. ¿La oficina de Admisiones tendría que notificar a las autoridades? ¿Se apresurarán a llevar a Estela al otro lado de la frontera antes de que el bebé aterrice en este lado? ¿Cómo funciona todo eso?

Eso le tocará averiguarlo a Mario, se recuerda a sí misma.

Pero él no conoce ni el idioma ni este mundo lo suficiente como para abrirse paso en medio de la burocracia médica, que Antonia ha podido evitar desde que se pasó a Medicare. Las entrañas del sistema de salud, frase que ha pasado a asociar con el gobierno federal, tan disfuncional, como si fuera una apestosa bolsa estomacal, un intestino delgado y uno grueso (las tres ramas del gobierno) ninguno de los cuales funciona como debería ser.

Siempre queda el recurso de Mamá Terry, aunque Mario tendría que buscar algo de dinero para pagarle sus servicios.

En los últimos tiempos, varios grupos *ad hoc* de protección a los migrantes habían surgido por todo el estado, con un sistema de cadena telefónica entre voluntarios para ofrecer traducción y desplazamientos. De alguna manera, a Antonia la metieron en esa lista. Pero el hecho de que fuera latina no le confiere automáticamente la personalidad o las inclinaciones de la Madre Teresa de Calcuta. Le molesta esta categorización moral que se basa exclusivamente en su raza. Olvidémonos de *La Odisea* y la tradición de acoger extraños. ¿Cuándo vendrá Mario?, pregunta Antonia.

Estela se estremece. Antonia ha tocado un tema doloroso. No sé, contesta la joven con voz queda.

¿Cómo no va a saber? ¿Acaso los amantes que se despiden no arreglan siempre los detalles de su próximo encuentro? A menos, claro, que esos amantes no puedan darse el lujo de tener el control de su vida. O de pensar que lo tienen.

Poco a poco, la joven explica las circunstancias en las que se halla. El patrón no la había echado. Fue Mario quien no quiso tener nada que ver con ella. Resulta que Mario se fue de México hace casi dos años, primero a Texas y luego a Carolina del Norte, para finalmente instalarse en Vermont en enero pasado. No hay manera de que el bebé sea suyo (entonces sí sabe cómo funciona su cuerpo). Cuando Estela llegó con su panza de embarazada, quedó tan sorprendido como la propia Antonia. Estaba furioso porque Estela no le había dicho nada.

Pero es que no me habría dejado venir si llegaba a contarle, agrega rápidamente la joven. Mario le dijo que no iba a criar a un hijo de otro hombre.

Pero si no es tu culpa, Antonia la defiende. Ha leído los reportajes de las noticias. Sabe de las jovencitas que cruzan la frontera y son violadas por los coyotes, por aquellos encargados de las casas de seguridad, por los ladrones, matones e incluso por los otros migrantes. Pero Estela no sale a defenderse, y Antonia pregunta con toda la delicadeza posible. No quiere alborotar ningún dragón, por Dios. ¿Te violaron?

Estela baja la cabeza, avergonzada.

Dímelo, cuéntame.

Estela se confiesa entre sollozos. No estaba segura de que Mario fuera a regresar. Se sentía sola. Había un señor en su pueblo, un hombre importante. Le prestaba atención, le compraba cosas bonitas, le daba dinero para su madre y sus hermanas menores. Somos siete hermanas, explica. No tenemos ningún hermano.

¡Siete hermanas! Y nosotras somos… Antonia se interrumpe. ¿Siguen siendo cuatro hermanas? Se sacude de la mente el horrible pensamiento. Ocuparse del horror de alguien más ha sido un alivio en medio de todo ese horror.

Estela le cuenta que, cuando quedó embarazada, el hombre importante quiso mandarla lejos. Tenía una esposa y un buen nombre que proteger. Encontró a un coyote y le pagó para que se llevara a Estela.

Espera, ¿no fue Mario el que pagó por el viaje? Pidió prestado un montón de dinero.

Eso fue después del atraco. El primer coyote abandonó al grupo de Estela en el desierto, tras robarles todo lo que llevaban consigo. Estela fue a parar a manos de un segundo coyote, y ahí fue cuando Mario dio un paso adelante para ayudar. Solo sabía que Estela iba camino a reencontrarse con él. Si le hubiera contado de su condición, ¿qué habría sido de ella y del bebé?

Esto es material de telenovela. De hecho, algunos críticos dirían que es demasiado y que mejor sería bajarle un poco. Pero no es una telenovela para quienes se ven envueltos en la historia. Sería otra manera de menospreciar su situación. Mejor bajarle un poco.

Hablaré con Mario, promete Antonia.

La cara de la joven se ilumina. Dígale que quiero estar con él; dígale que no sabía qué más hacer.

Las situaciones desesperadas exigen medidas desesperadas, Mario debería entender. Pero con las confusiones del machismo… el padre de la propia Antonia desconoció primero a una hija y luego a otra, cuando descubrió que se habían pasado de la línea con sus novios estadounidenses. El exilio de Antonia llegó en la primavera de su último año de universidad. Su padre la llamó al dormitorio, un sábado, y acabó enterándose gracias a la bocazas de la recepcionista, de que Antonia se había ido a pasar el fin de semana con el novio. Cuando regresó, había cinco o seis papelitos rosados con mensajes, pegados a su puerta: *Call home*, llama a tu casa. Su padre respondió al primer timbrazo, gritando por el auricular: PARA MÍ ES COMO SI TE HUBIERAS MUERTO.

Un año después, Antonia se presentó en la casa de sus padres en Queens. Su novio la había dejado, y había perdido su trabajo en el turno de noche en un asilo de enfermos mentales del estado, donde los pacientes estaban todos atados a las camas. Eran los tiempos en que no existían los derechos de los pacientes ni las autoridades monitoreaban las condiciones de los hospitales. Las noches eran surrealistas, llenas de aullidos, gritos, chillidos y alaridos. Los que despertaban angustiados o molestos pedían consuelo. Los que se ensuciaban requerían limpieza.

Y Antonia se había anotado para el turno de la noche pensando que tendría tiempo para escribir. Cuando se quejó con su supervisor del maltrato al que sometían a los pacientes, la despidieron. ¿Adónde podía ir? Llegó hasta casa de sus padres a punta de aventones. Y solo entonces, tras tocar fondo, fue que su padre "la perdonó".

Pero además del machismo inherente, la cultura también impone el respeto hacia los mayores. Antonia es ahora "la doñita", mayor que la mamá de Mario por más de diez años. Le aconsejará cómo actuar de manera correcta en esta situación.

Gracias, gracias, ay, gracias, repite la muchacha una y otra vez, con lágrimas en los ojos.

Espera a que terminemos con esto antes de agradecerme, bromea Antonia. Le incomoda aceptar la gratitud de Estela porque sabe muy bien que preferiría que otro se hiciera cargo de todo esto.

Tras instalar a Estela en el cuarto de huéspedes, Antonia se dirige donde el vecino. Recorre el camino de entrada y no ve la camioneta de Roger. Estaciona frente al remolque, detrás del establo. Las cortinas que los trabajadores siempre mantienen cerradas se mueven muy levemente. Antes de que pueda golpear, la puerta se abre: José sale a la base de cemento que soporta el remolque y baja para quedar al mismo nivel que ella.

Mario no está, anuncia.

¿Cómo que no está? ¡Por favor!, reta al joven nervioso. No es que los indocumentados tengan la libertad de salir por ahí a caminar o desaparecerse en este pueblo predominantemente blanco, en un estado blanco también. Sus estudiantes que pertenecían a grupos minoritarios se quejaban con ella a menudo de que los seguían cuando estaban en una tienda, como si su piel más oscura los inclinara al robo. Los grupos de activistas a favor de la justicia con los migrantes han tomado cartas en el asunto: el control de migración no forma parte de las tareas de las autoridades locales. Algunos condados donde reina el buen juicio, como el de ella, se han negado a convertirse en un brazo del ICE, las autoridades migratorias. Pero eso no es garantía de nada; un agente de policía estatal enojado, o un policía local molesto porque lo dejó su mujer o porque se cortó mientras se afeitaba puede hacer una llamada anónima para delatar a alguien. Constantemente se emiten alertas (de alguna forma Antonia también terminó en esa lista de correos): La migra se llevó a dos en los alrededores del Walmart de Burlington; el ICE arrestó a tres pasajeros de un bus. La policía detuvo un carro que circulaba con una luz apagada y aprehendió a tres individuos: una estudiante universitaria que transportaba a dos migrantes indocumentados. La estudiante los llevaba a comer pizza al día siguiente de Acción de Gracias. ¡Zafa!, es Viernes Negro, al fin y al cabo… iba a sacarlos de la granja por primera vez en meses. Llevaron a los tres a la cárcel del lugar. La estudiante fue liberada, aunque tenía que presentarse a una audiencia, y los dos hombres seguían tras las rejas a la espera de ser deportados.

No me voy hasta que no lo vea, anuncia Antonia, lo suficientemente alto como para que Mario la oiga, tras la delgada puerta.

Okey, *okey*, concede José, mirando hacia atrás. A Antonia le recuerda los adolescentes que encubren a un compañero que está en problemas. Mario está en algún lugar de la granja; José no sabe dónde. No queremos problemas. La doñita sabe lo difícil que puede ser el patrón.

Yo también puedo ser difícil, Antonia pone las cartas sobre la mesa con una mano en la cadera, un indicio más claro que nada en su cultura de que esta viejita habla en serio. ¡Mario!, lo llama con voz autoritaria, ¡Mario!

Qué distinto se comportaba ahora comparado con su docilidad en la estación de policía en Illinois, frente al oficial Morgan. Sam solía decir que Antonia era mucho más mandona en español. En el instante en que ponían un pie en la República Dominicana, una nueva versión de sí misma, más segura y firme entraba en escena. Pero en inglés, incluso tras años de educación y empleo, el gusanito de la duda seguía carcomiendo la base de sus certezas.

La puerta del remolque finalmente se abre un poco. Déjala entrar, le dice Mario a José. El patrón volverá pronto, y les ha hecho saber a ambos con su vozarrón, como si lo importante fuera el volumen más que el mensaje, que TIENEN PROHIBIDAS LAS VISITAS. Las visitas atraen problemas. Los inmigrantes ilegales de Roger son su turbio secreto. No le gusta quebrantar la ley, pero a veces hasta los ciudadanos más respetuosos tienen que desafiar a las autoridades para poder sobrevivir. Las situaciones desesperadas exigen medidas desesperadas. Al fin y al cabo, la cosa no es tan diferente de lo que les pasa a los indocumentados que contrata. Antonia asistió a ese debate que hubo en la universidad hace unos meses, entre los propietarios de las granjas y sus trabajadores, donde hablaban de las semejanzas entre las circunstancias de ambos.

En el remolque, Antonia trata de convencer a Mario. Estela no es más que una niña. No tenía adónde ir. Y no, no puedo tenerla conmigo, agrega. Te tocará pensar en algo a ti.

Mario estudia el linóleo rayado del piso, como si fuera un mapa donde buscar un camino para salir del dilema. Antonia sabe que él está en la poco envidiable posición de no querer contradecir a la doñita, quien podría entregarlo a las autoridades o quejarse con el patrón. Pero no puede superar la repulsión que le produce acoger a una joven que se entregó voluntariamente a otro hombre. Él tiene que velar por su honor de hombre, dice.

¿Honor? No me vengas con esas. Antonia desecha la palabra. ¿Y qué hay de mostrar algo de compasión? Estela tomó una

decisión equivocada, pero lo hizo porque se sentía sola. Pensó
que te había perdido. Te ama. Es contigo con quien quiere estar.
Pues no debió comportarse como lo hizo. Él tuvo que hacer
muchos sacrificios. Le llevó su tiempo cruzar la frontera, devolver el dinero que había pedido prestado para pagar los coyotes y
reunir algo que mandar a casa. Y se oponía a que ella hiciera el
viaje al norte precisamente porque no quería exponerla a ningún peligro. Pero resulta que, entre tanto, ella de buena gana
había entregado la flor de su inocencia.

A Antonia la sorprende esta frase salida de boca de un hombre pobre y de escasa educación. Como si la poesía no pudiera
sobrevivir en semejantes condiciones tan rudimentarias. De
hecho, la poesía (y el honor) pueden llegar a ser lo único que le
queda a uno. A veces ella percibe una imagen fugaz de su verdadero ser, y no le gusta lo que ve. Todos cometemos errores, le
recuerda a Mario en tono más conciliador. Piensa en Jesús,
¿acaso no nos enseñó a perdonar? "Perdónanos nuestras deudas,
así como nosotros perdonamos a nuestros deudores", entona.
Con qué facilidad evoca las palabras de las plegarias de su infancia. Son los cimientos, la base de la cual nunca se podrá deshacer. Madre Teresa, al fin y al cabo.

Pero el machismo que forma los cimientos de Mario tiene
un peso igual de grande. Lo ve menear la cabeza en rápidas sa-
cudidas. No quiere tener nada que ver con esa puta. Llévela con
la migra y que ellos se encarguen de mandarla de vuelta al otro
lado, adonde pertenece.

¡No le digas así!, Antonia siente que su propia furia la in-
vade. No es una puta, sino una… una jovencita, loca enamorada… Se esfuerza por dar con el término correcto, convencida
de que, si encuentra la manera adecuada de expresar todo esto,
será como el abracadabra que abrirá el corazón de este joven.
Pero ha perdido la práctica de discutir en español desde que
Mami y Papi ya no están.

Dígale como quiera, dice Mario, con una insolencia cortante en la voz que Antonia no le ha oído antes, y que le permite ver lo que sería este hombre en un mundo en el que pudiera ser el macho y ejercer su poder. A mis ojos, ella no es más que una prostituta.

José ha estado allí de pie, observando la escena, cada vez más intensa. Se adelanta. El patrón estará de vuelta en cualquier momento. Si la doñita se lo permite él, José, hablará con Mario para convencerlo de que haga lo más decente, incluso si la muchacha ha hecho algo deshonroso, indecente. ¿Hasta mañana?

Antonia siente alivio de postergar la confrontación hasta el día siguiente. Necesita ir pronto al pueblo, a conseguir algo para tener en la despensa, conectarse con sus hermanas y saber lo que ha pasado o no con respecto a Izzy. ¿El detective Kempowski habrá averiguado algo? ¿Mona habrá aterrizado en Boston? También tiene que llamar al centro de salud y al hospital.

Lo último que necesita es... No se atreve a concretar la idea. Siente que podría atraer lo peor, o casi lo peor, de solo pensar en ello.

De camino al pueblo, Antonia telefonea a sus hermanas con el dispositivo Bluetooth que Sam había instalado hacía poco en su carro, sabiendo que a Antonia le gustaba aprovechar el tiempo que pasaba manejando para hacer muchas de esas llamadas obligatorias. No quiero acabar viudo, había señalado. Esos momentos aparentemente proféticos vuelven ahora a asediarla: el pasado que señala este futuro, pero con los papeles invertidos.

El número de Tilly, y luego el de Mona, la llevan al buzón tras cinco o seis timbrazos. ¿Será que oyen su timbre de campanadas de iglesia y deciden no tomar la llamada? ¿Tienes alguna noticia? Devuélveme la llamada, por favor. Le marca a Izzy. ¿Por qué no? Al instante sale el buzón de voz. El teléfono de Izzy está descargado o apagado.

Kempowski tampoco puede contestar en este momento, pero su llamada es importante para él. Debe hacer el favor de dejar un mensaje detallado. Antonia decide no hacerlo, pues de poco sirve insistir más en tan poco tiempo, a pesar de estarle pagando una buena suma para que encuentre a la hermana desaparecida. Además, quiere hablar con él en tiempo real. Otra frase extraña: tiempo real. ¿Qué otra clase de tiempo hay? El lenguaje se va haciendo cada vez más raro. ¿Cuándo empezó a pasar eso?

Está en la fila para pagar cuando le entra una llamada de Mona. Aterrizó hace unas dos horas en el aeropuerto de Boston y allí la recogió Maritza, para seguir luego hacia Athol. Unos cuantos detalles interesantes han quedado al descubierto. Maritza vio a Izzy un par de días antes de que viajara a ver unas propiedades para su centro de arte. Estaba desbordante de entusiasmo, hablando sin parar. En determinado momento del encuentro, según Maritza, Izzy se levantó para ir al baño y su celular empezó a sonar. Así que Maritza le abrió la cartera para contestar y de repente ¡wao! Estaba llena de dinero en efectivo, fajos de billetes y media docena de botellas de medicamentos. ¿Asaltaste un banco, o una farmacia?, confrontó a Izzy cuando volvió. Ella se limitó a entrecerrar los ojos, sonriendo con picardía. Tan solo la idea de que Izzy anduviera por ahí con una cartera llena de efectivo, como el botín de un asaltante, era insólita.

Kempovski tiene que enterarse de todo esto.

Ya se lo conté, le informa Mona. Hay un dejo de regodeo en la voz de la hermana pequeña. Como es la menor, le encanta cuando consigue ser la primera en tener noticia de algo, para luego informarles a las otras.

Antonia descarga el contenido de su carrito en la cinta transportadora: una pila de comestibles que jamás pensaría en comprar para sí. Pero al fondo del pasillo dos, entre los cereales saturados de azúcar, Antonia decidió ceder un poco en sus estrictas reglas de alimentación sana para acomodarse a Estela. Lleva Cocoa puffs, papas fritas, galletas Oreo, refresco, tortillas preformadas para hacer tacos, frijoles Goya, queso cheddar, leche chocolatada. Los artículos se mueven hasta llegar a las manos de *Hello, I'm Haley*, la cajera, según reza su distintivo.

Aguarda un momento, le dice Antonia a Mona. Haley necesita saber si Antonia prefiere bolsa de plástico o de papel. Antonia pone las bolsas de papel en el carrito, y se aleja del ruido.

Parece que hubieras comprado la tienda entera, dice Mona, y se oye ofendida por haber tenido que esperar.

¿Debería contarle a Mona lo que está sucediendo? Decide no hacerlo. Lo último que necesita son los consejos de Mona sobre qué hacer con Estela.

Entonces, como te iba diciendo, llamé a Kempowski, y él ya se había puesto en contacto con la vendedora de bienes inmuebles, Nancy Algo, que no paraba de decir cosas elogiosas de Izzy, y que ella, Nancy, sentía que había encontrado a una hermana que había perdido hacía mucho. Contó que le había mostrado unas ofertas excelentes. Pero por ahora solo iremos con el motel y la granja. Mona ha pasado de contar lo que supo de la vendedora inmobiliaria, a imitarla.

¡Una granja! Antonia se siente atrapada en el laberinto en el que se convierte la mente de Izzy cuando está en una de sus fases frenéticas. El mundo está loco, eso se da por descontado, y también que Antonia ha estado muy inmersa en su pena, pero aun así ¿cómo es posible que todo este nivel de locura estuviera tan cerca a ella y nunca lo notara sino hasta ahora? Necesita el equivalente de las luces con sensor de movimiento de Sam, pero en el terreno de la siquis, donde se encenderían para alertar a su cerebro de que alrededor hay situaciones precarias y gente necesitada.

Mona también ha perdido su chispa alegre. Continúa su relato con voz cansada. Que Izzy pasó la noche donde Nancy, la agente inmobiliaria, antes de partir a reunirse con sus hermanas en los alrededores de Chicago. Que Nancy esa noche la arropó antes de dormir. Su "hermana perdida" y encontrada, en la cual podía descargar todas sus propiedades sin valor. ¡Qué perfecta imbécil! Ni siquiera siento deseos de hablar con esa mujer, dice Mona con el tono de ultimátum que usaba su madre.

Vamos a tener que enfrentarnos a un montón de imbéciles si queremos encontrar a nuestra hermana, le recuerda Antonia. A ella también le está costando cada vez más mantener su fe en las personas, en sí misma. En el pasado, cuando sus reservas de fe bajaban, siempre estaba Sam para volverlas a llenar con su abundante bondad. Ha seguido pensando mucho en la vida después de la vida, sobre todo en ausencia de Sam. ¿Qué es lo que significa, si es que tiene sentido? ¿Una vida más allá? A lo único a lo que ha podido llegar es que, para no dejar que sus seres queridos mueran para siempre, hay que encarnar aquello que uno amaba en ellos. De otra manera, el mundo se va vaciando, agotando. Sam, siempre pensando bien de los demás. Izzy, arrojando su pan a las aguas. Impulsos de generosidad de los que Antonia a menudo era la afortunada destinataria. Pero ¿en qué está pensando? Izzy no ha muerto.

¿Y adivina qué? Mona interrumpe los pensamientos de Antonia. Kempowski pensaba localizar el celular de Izzy a través del proveedor, pero no fue necesario. Nancy lo devolvió. Parece que Izzy lo dejó en su casa y se descargó por completo. Por eso no podíamos contactarla.

Al día siguiente, Mona y Maritza van a reunirse con una detective que Kempowski contrató en la zona de Athol. Pretenden quedarse allí unos cuantos días, haciendo averiguaciones, hablando con esa Nancy, la agente inmobiliaria. Cambié la fecha de mi regreso a casa. ¿Quieres venir con nosotras?, pregunta, con voz firme que sugiere que debería unirse a ellas.

Antonia le explica la situación que ha surgido, puliendo hasta sacarles brillo a los detalles desalentadores, ya que Mona no hace ningún sonido que demuestre empatía. Esta es contundente en su respuesta: primero están las hermanas. Izzy es su hermana. Así que, sin ánimo de parecer fría y sin corazón, y a pesar de que debe ser obviamente muy duro para la joven, Antonia no debe meterse en medio de una pelea de novios.

No es una pelea. Él la echó de donde vive. Ella no tiene donde quedarse, no tiene nada ni a nadie.

Al otro extremo de la línea no se oye más que silencio. Haz lo que quieras, dice Mona con voz ofendida.

Ninguna de las alternativas convence a Antonia. ¿Qué es lo correcto aquí? Es el viejo dilema, y mientras más años tiene ella, más se da cuenta de que aún no lo resuelve. Tolstoi tenía razón en aquel cuento que ella solía usar en sus cursos sobre las tres preguntas: ¿Cuál es el momento indicado para hacer las cosas? ¿Quién es la persona más importante? ¿Cuál es la decisión correcta? Es curioso que Antonia recuerde las preguntas, pero ni esforzándose mucho logre acordarse de si Tolstoi daba alguna respuesta.

Deja ver lo que puedo hacer, le promete, haciendo una lista mental: averiguar en qué terminó la conversación de hombre a hombre entre José y Mario; conseguirle atención médica a Estela, y un lugar donde vivir, si no consigue convencer a Roger de que extienda un poco el periodo de acogida. Porque no, la casa de Antonia no figura entre las alternativas. Ya lo ha decidido: ella es la persona más importante.

De regreso en la casa, Estela duerme profundamente en el cuarto de huéspedes. Debe estar rendida de cansancio, pobrecita. Antonia le había mostrado dónde estaba todo en el cuarto, y le había dejado unas toallas a mano. ¿Por qué no te refrescas un poco y descansas? No me tardo. Las toallas siguen apiladas en orden, Estela sobre la cama tendida, la cabeza apoyada en un brazo, una pulsera de hilo rojo idéntica a la de Mario en la muñeca izquierda. ¿Será que hay una fecha de expiración para la buena suerte y la protección que estas pulseras pueden ofrecer?

Antonia toma la frazada y la despliega para tapar a la muchacha, que se despierta sobresaltada. Pero, al oír el "Ya, ya, duérmete, duérmete", cae rendida al instante.

Cuando Mona le había dicho que Nancy, la agente inmobiliaria, había arropado a Izzy, Antonia había sentido cierta inquietud, como si a su hermana la hubieran estado cebando, no para matarla, sino para venderle un motel abandonado y una granja en medio de la nada. Pero ahora hay cierta ternura en ese pensamiento. Sea lo que sea que le haya sucedido a Izzy, recibió la bondad de un anfitrión hacia un desconocido.

Más tarde, en su portátil, al acordarse de la mirada impávida de Estela cuando le preguntó, busca en Google los sinónimos en español de "dar a luz". ¿Será que no se utiliza en México esa expresión? Según uno de los sitios web, "aliviarse" es el término de uso popular. "Dar a luz" se usaba originalmente para referirse a la Virgen María, que había parido a la luz del mundo, un eufemismo que las clases altas se apropiaron, una forma más educada de referirse al parto. Antonia a menudo se jactaba frente a Sam de la poesía de su lengua materna. De la bella manera, por ejemplo, en que el español se refería al nacimiento: dar a luz, traer a la luz, hacer visible. Su intensa necesidad de dar con la palabra precisa.

Pero hasta las bellezas de lenguaje, las palabras debidamente escogidas, están embebidas en lo que somos: clase social, raza o cualquier otra cosa que nos mantenga a salvo en el camino angosto, o que así nos lo haga parecer.

6

❧

¿Quién es la persona más importante?

SUEÑOS EXTRAÑOS, PERO ¿ACASO no todos los sueños son extraños? La mezcolanza de hechos, los viajes en el tiempo, unas caras que se funden en otras. ¿Una probadita de la vida más allá? En el sueño de esta noche, Antonia está a punto de dar a luz. Fue una sorpresa, ya que jamás había estado embarazada, y definitivamente estaba posmenopáusica. De eso están hechos los sueños. Sin embargo, Sam no parece sorprendido. La está llevando al hospital. Mientras suben para alcanzar el paso nevado, pierde el control del carro; se precipitan, ladera abajo, fuera del camino, pero entonces, milagrosamente, el carro se detiene de repente, contenido por una hilera de árboles.

Quédate aquí, ordena Sam, firme incluso en sus sueños. Iré a buscar ayuda. No me tardo.

Las horas se suceden. Y entonces, de alguna manera (pues así es como suceden las cosas en los sueños) Antonia aparece en una estación de policía para denunciar la desaparición de Samuel Sawyer, y casi de inmediato el escenario cambia y se encuentra de nuevo en el hospital, de parto. Hay una enfermera en la puerta, diciendo toc-toc, en lugar de golpear la puerta.

Están tocando la puerta, susurra una voz apremiante.

Antonia se despierta. Una joven con una enorme barriga, asustada, se inclina sobre ella. La historia real adquiere forma ante ella: Estela, sin hogar; su bebé, sin padre; la conversación con Mario esa mañana; Mona, que la espera en Massachusetts, Tilly que ya va en camino... La lista de tareas para el día que apenas empieza.

¿Quién es?, le pregunta a Estela, como si la joven conociera a alguien más en Vermont fuera de Mario, José y el patrón de la granja de al lado.

No sé, responde Estela, examinando el dormitorio en busca de un lugar donde esconderse.

Los golpes persisten. ¿Quién podría llamar a la puerta a esta hora de la mañana? Antonia mira su despertador para confirmar la hora exacta del motivo de su incomodidad. ¡Ya son las ocho! Debió dormir más de la cuenta. Sale de prisa de la cama, con la esperanza de que no sea Mario. Él sabe que no sería buena idea pararse ante la puerta de entrada, a la vista de todos desde la carretera. Él seguramente habría golpeado en una de las ventanas de la parte de atrás, ahora que conoce la disposición de la casa.

Antonia se echa por encima una de las viejas camisas de trabajo de Sam, para taparse el camisón. Estela debe volver a su cuarto... Antonia ya lo está llamando "su" cuarto. Cierra la puerta. No salgas bajo ninguna circunstancia. Ahí está, hablando en susurros en su propia casa.

La joven sale apresurada, y es increíble cómo puede hacerlo con esa enorme panza. Pero entonces, Antonia se dice, Estela también cruzó el desierto con esa barriga. ¿Cómo fue que el coyote aceptó llevarla? Ya debía saber que iba a robar al grupo, y abandonarlos en medio de la nada.

Hay personas que nunca se preguntan cuál es la decisión correcta. O, si lo hacen, formulan la pregunta de manera diferente: ¿qué es lo correcto para garantizar que yo sea quien esté al mando, quien sea temido y quien pueda contestar las tres preguntas?

Mientras va hacia la entrada, Antonia no puede distinguir la cara que ve a través del vidrio esmerilado que hay a un lado de la puerta. Es alguien alto, seguro, con una forma de tocar a la puerta persistente y firme. ¿Sam?, le falta poco para preguntar.

¿Quién es?, dice antes de asomarse por la mirilla.

El alguacil Boyer.

El corazón se le encoge. ¿Habrá ido a allanar su casa? ¿Podría hacerlo? ¿No necesitaría una orden judicial? Abre una ranura de la puerta, siguiendo el juego: una mujer a la que le interrumpen la mañana, que acaba de despertarse, que mantiene cerrada la camisa de trabajo, apretándola contra sí, que se pasa la mano por el pelo suelto para que el hombre no se sienta bienvenido, sino invadiendo el espacio femenino íntimo. Dormí más de la cuenta, acabo de despertarme. ¿En qué le puedo servir, alguacil?

Lo siento mucho, señora. Se lleva la mano al sombrero, examinándola furtivamente. La parte del camisón que se sale por debajo de la camisa, la mirada que se detiene, apenas un instante, en su cuello; aún no es tan vieja como para que el uniformado, apenas unos años más joven que ella, no note la profundidad del escote, la redondez sugerente. La mano de Antonia vuela a su cuello, otro gesto de pudor muy bien ensayado.

¿Está todo bien?, pregunta, pero no suelta prenda de qué lo ha traído hasta allí.

Todo bien. ¿Debía jugar la carta de que enviudó recientemente? La carta de la aflicción, alguien lo describió en un chat de personas en duelo que Antonia encontró un día. ¿Qué extraño juego de cartas juega la gente con sus pérdidas?, se había preguntado Antonia.

¿Pasa algo, alguacil?

Una persona del vecindario reportó que había visto a alguien entrando y saliendo de su garaje. Y que usted estaba fuera, según dijeron.

¿Cuál de sus vecinos habrá podido ser? Nadie vive justo enfrente o al lado de ella. Las casas están dispersas y separadas por buenos trechos de terreno, a excepción del grupo hacia el final del camino. Tal vez el reporte provino de uno de esos vecinos. ¿La señora Gaudet? ¿La señora cascarrabias del cárdigan? Es poco probable que haya sido Roger. Dada la naturaleza de sus trabajadores, no querría que hubiera policías patrullando la carretera. Le asegura al alguacil Boyer que todo está bien. Lo invitaría a entrar, pero... Se mira, todavía en camisón, descalza.

No hace falta, dice él, y mira por encima del hombro de ella. Antonia se obliga a no volverse a mirar, pues traicionaría su secreto. En todo caso, ¿le importaría si echo un vistazo al interior de su garaje?

Titubea levemente antes de responder. Para nada. Permítame que le abra. Deme un momento mientras me pongo zapatos. Cierra la puerta, atraviesa el vestíbulo de prisa para meterse al garaje, mira alrededor, y apila los cojines nuevamente. Da un último vistazo antes de presionar el botón, y la puerta se levanta ante el alguacil. Él sonríe al verla, y de nuevo la saluda llevándose la mano al sombrero. Señora, repite. La manera en que lo dice, con su voz grave y melosa, suena casi sexy. Mejor, en todo caso, que "señora Sawyer", como se refiere a ella la mayoría de la gente en el pueblo.

Ella observa su mirada inquisidora. Disculpe el desorden, dice, como si esta fuera la sala de su casa, y él, un invitado de honor.

Debería ver el mío, dice él, con una risita.

No he podido hacer mucho desde que mi marido pasó a mejor vida. Con este tipo de personas, el mismo grupo con el cual siente que puede referirse a Jesús, utiliza el término "pasar a mejor vida", como si la muerte no fuera más que un carril rápido en una autopista para quienes dejan atrás a los demás, acelerando hacia lo desconocido.

Lamento mucho su pérdida, dice con genuino sentimiento, y se lleva instintivamente una mano al corazón. Ese doctor Sawyer era un buen hombre. Atendió el glaucoma de mi madre. Y a mí también. Lo llamé un domingo en la tarde, por una astilla en un ojo, y me pidió que fuera a su consultorio, me sacó la astilla y no me cobró ni medio centavo.

Eso, más que la calcomanía de donación a la comisaría, era probablemente lo que había mantenido a los Sawyer a salvo de multas.

Suena como algo muy propio de Sam, dice Antonia con añoranza. Y luego, para no desperdiciar semejante oportunidad: él era el policía bueno, y yo, el malo.

Ah, eso no lo puedo creer, menea la cabeza. Usted parece una señora muy gentil y amable. Las pecas de su cara se ven más definidas. De cara colorada, pecho ancho, se ve bien con ese sombrero. Como un vaquero de película, y además bondadoso.

Está dentro del garaje, revisando los rincones, dándose vuelta para mirarla de frente. Nada parece haberle llamado la atención, hasta donde ella puede darse cuenta. Perdone la molestia, concluye.

¿Puedo preguntarle quién reportó que alguien se había metido?

Puede hacer la pregunta, afirma, pero soy yo quien no puede responderle. Desvía la mirada, para no ver la decepción pintada en la cara de ella. Digamos que hay personas que no tienen nada mejor que hacer que andar de mirones de todos los demás. Se ríe entre dientes, una manera simpática de reírse.

Cuídese, le dice a modo de despedida, y empieza a alejarse, pero luego gira, se saca la billetera del bolsillo trasero y le entrega una tarjeta. Si llega a ver cualquier cosa que la inquiete, sea lo que sea, avísenos. Vendremos de inmediato. Ese "nos" mayestático tan típico de los funcionarios públicos.

La tarjeta tiene el logo con la estrella de alguacil levemente difuminado, y la información de contacto en letras negras y claras. En la parte de atrás, el número de su extensión aparece escrito a mano.

Gracias, alguacil. Voy a estar bien. Es lo que le dice a todo el mundo. Lo mejor que puedes obsequiarles a tus seres queridos es velar por ti misma para no convertirte en una carga para ellos.

¿Quién es la persona más importante? Yo, yo, yo misma. A lo mejor, Izzy se decidió por la segunda mejor opción: desaparecer por completo del aislamiento de velar por sí misma.

Apremiada tras la visita del alguacil, Antonia se dirige a la granja vecina para hablar con Mario y José. Tiene que hacer ciertos arreglos para Estela antes de partir hacia Massachusetts. Cuando está bajándose del carro, se topa con Roger, que sale del establo con el ceño fruncido. Ya pinta como un mal día, aunque apenas acaba de empezar.

Buenos días, dice con la entonación alegre de una maestra de preescolar. Y se lanza a contar su historia. Una emergencia familiar. Una hermana desaparecida. Las demás hermanas van a encontrarse en el oeste de Massachusetts, donde la que está perdida fue vista por última vez. Vamos a tratar de rastrearla.

Roger debe estarse preguntando por qué ella le da más información de la necesaria, así, de frente, antes de que agregue su petición: ¿Será posible que Roger le permita a la novia de Mario (y no hay necesidad de entrar en detalles) que se quede una semana más?

Los ojos de Roger se entrecierran, observándola. Alguien

aquí no está diciendo toda la verdad. Lo último que supe es que habían terminado.

Antonia menea la cabeza, sí y no. En realidad, la cosa es algo más complicada, responde ella.

Roger tiene ciento cuarenta vacas por ordeñar y un potrero detrás por rociar con estiércol líquido. No tiene tiempo para complicaciones. Limítese a responder la pregunta, instruyen los jueces en la televisión al acusado charlatán que tienen en el banquillo. Sí o no. Entonces ¿así es la vida más allá? ¿Todo en blanco o negro? Una corte celestial con san Pedro como juez. Sí o no. Cero líos.

Por favor, le suplica Antonia. Sabe que está siendo un fastidio para Roger, luego de haber decidido que no iba a ser una carga para nadie.

Su vecino suelta un suspiro, como si quisiera expeler una especie de materia ajena y ofensiva, como si se estuviera preguntando cuál es la decisión correcta.

Si el tipo quiere dejarla que se quede con él en el remolque, yo no tengo nada que decir.

Gracias, muchas gracias, se deshace en gratitud Antonia, como si Roger hubiera aceptado algo mucho más que el simple hecho de hacerse de la vista gorda ante una joven en problemas.

Roger mira por encima del hombro de ella. Su entrecejo se frunce aún más. Ella voltea y ve a José y a Mario que caminan de regreso al remolque, en un receso de sus tareas matinales. Se detienen al ver al patrón hablando con la doñita. En lugar de acercarse, aguardan con deferencia para enterarse de cuáles son los deseos de los que tienen el control.

Es un poder que Antonia no quiere tener. Que nunca ha querido tener. De joven, temía el momento de obtener su licencia de conducir, que de repente le daría control de cuatro mil libras de acero, goma y vidrio. Un salto tremendo desde su peso pluma de cien o ciento cinco libras. Solía sufrir ataques de pánico en esos primeros meses luego de obtener su licencia. Todavía siente ansiedad al manejar. Detesto tener poder, le decía a menudo a Sam. Pero Sam no les hacía caso a esos descargos de responsabilidad. ¿Qué hay del poder de ser capaz de usar las palabras? ¿O de ser una profesora y regir un salón de clase? ¿Y qué hay del poder que tienes sobre mí? Y tu belleza, agregaba, desviando su actitud defensiva con un piropo. Las mujeres hermosas tienen ese poder sobre los hombres.

Ella a duras penas podía considerarse una belleza, ni siquiera en su juventud, mucho menos en edad madura, cuando se conocieron y se casaron. Pero no iba a acusarlo de ceguera, justo cuando lo que él veía estaba deliciosamente a favor de ella.

Antonia le hace señas a los dos jóvenes para que se acerquen. Les explica que el patrón va a permitir que Estela se quede en el remolque hasta que Antonia pueda volver de una emergencia familiar. La traeré antes de irme, agrega. Mario la mira incrédulo. ¿Acaso padece de amnesia, o se le olvidaron las opiniones que le hizo saber el día anterior? ¿José hablaría con Mario para pedirle que reconsiderara y que su honor dejara espacio para el perdón? ¿No quiere saber si Mario estuvo de acuerdo?

No, en realidad no. Antonia no tiene tiempo que perder en asuntos relacionados con quién hizo qué, o derechos o acuerdos. Ella es quien tiene el poder de decir hacia dónde girará la historia de ellos dos. No le devuelve la mirada. Lo ha convertido en alguien invisible, al igual que hacen todos los demás. No es una cosa que quisiera confesar en ese libro que ha pensado en escribir.

En el breve camino de regreso a su casa, Antonia se defiende, esgrimiendo argumentos ante ese severo juez interno que, en lugar de la puritana peluca blanca, muestra el rostro de su madre. Y no se asombra de que la jueza Mami a menudo termine fallando en su contra.

¿Cuánto poder tiene Antonia en realidad? ¡La verdad es que

siente lo contrario, impotencia! Perdió a su marido; su hermana
está desaparecida. Y tras esas pérdidas en momentos inesperados, están las que eran de esperar, todo el escuadrón de ancianos
desmemoriados, padres, tías, tíos, que han muerto siguiendo el
curso natural de las cosas, pero que, naturales o no, dejan agujeros en el corazón, por los que Antonia siente que se escapa su
espíritu. El lento desangramiento del duelo crónico. El lenguaje solía ser bueno para restañar el flujo, en su intensa necesidad (desesperada quizás) de dar con la palabra precisa. Pero
cada vez las palabras resultan más inadecuadas. "Una incursión
en lo inarticulado, con equipo muy usado", escribió el poeta
con respecto a la escritura, y sus versos no dan señales de inade-
cuación.

    ¡Antonia ya ha tenido suficiente! Otra vez piensa en Job.
Salvo por la enfermedad de la piel, las ovejas y sus hijos muertos, Antonia pudiera ser él, a la espera de un nuevo golpe de la
vida. ¿Qué más se le pedirá a ella? Es una pregunta tonta, muy
tonta, se dice, para sentir vergüenza y poder aceptar. Así como
Dios le hizo a Job. Pero ella no es Dios. A pesar de eso, no puede
hacer nada más que seguir haciéndose esa pregunta, directa y
absurdamente.

Al igual que cualquier enamorada ante una celestina, Estela
quiere conocer hasta el último detalle del encuentro de Antonia
con Mario. ¿Qué fue lo que dijo? ¿Qué respondió la doñita?
¿Qué piensa del bebé?

    Todo bajo control, miente Antonia. Una de las expresiones
preferidas de sus estudiantes, una manera cortés de decir "no te
metas".

    Pero, incluso tras recibir esa confirmación, Estela parece va-
cilar. ¿Qué pasará si Mario cambia de opinión otra vez? Estela le
cuenta cómo fue a parar al garaje de la doñita. Mario se había

emborrachado. Le dijo que iba a mandarla de regreso. Ella huyó. Es más de lo que Antonia quisiera saber de la historia... si quiere zafarse del todo.

Voy hablar con él, y con José. ¿Qué más puede hacer?

Date un baño con agua caliente, le dice a la muchacha. Voy a preparar unas cuantas cosas que necesitarás.

Estela asiente, la niña obediente que no se desviará del camino estrecho en un futuro cercano.

Antonia llama al centro de salud Open Door para hacer una cita. La recepcionista la saluda con amabilidad. La hemos echado de menos, pero no se preocupe. El centro se había puesto en contacto con el departamento de español de la universidad. Crearon una pasantía para estudiantes con doble área de concentración, español y premédica, que van allá a traducir. La noticia tranquiliza momentáneamente el remordimiento de Antonia. No hace falta sentir que tiene que escoger entre ella o los dragones. Es uno de los alivios del Primer Mundo: siempre hay una organización o una oficina que se encargue de atar los cabos sueltos. Es un relevo de la responsabilidad. Pero ¿qué efecto tendrá eso, con el tiempo, sobre su sentido de la compasión?

Y sucede que la doctora que está de turno es la doctora Beth Trotter, una colega de Sam, a la que Antonia ha visto en una serie de eventos sociales. Hace su trabajo, la había evaluado fríamente Sam, quizás solo teniendo en cuenta su apariencia: pasada de peso, a menudo corta de aliento, haciéndole poca publicidad a la profesión médica. Pero buena persona, capaz de ir más allá de sus tareas para ayudar.

Me siento horrible, le confiesa cuando toma el teléfono. Había querido llamar a Antonia, y por eso aceptó la llamada cuando supo que era la viuda del doctor Sawyer. Sam había sido un generoso mentor para muchos de sus colegas más jóvenes, incluida la propia Beth. ¿En qué le puede ayudar?

Antonia le relata la situación: la joven indocumentada a

punto de parir, el novio contrariado, el breve periodo de acogida del granjero.

Beth solo suspira, o quizás sea que está corta de aliento, como siempre. ¿Supongo que es el primer bebé?, pregunta.

Eso creo, especula Antonia. Hay tanto que ignora con respecto a Estela. La muchacha le mostró su acta de nacimiento… en realidad tiene diecisiete años, aunque no parece de más de quince. Y también le mostró un carné de escuela primaria, donde aparece con la misma cara redonda y dulce, y dos pulcras trenzas con lazos en lugar de la única que ahora le cae por la espalda.

Una tormenta perfecta, según veo, resume Beth tras oír todos los detalles. Por supuesto, ella se encargará de arreglar que alguien recoja a la muchacha para llevarla a su consultorio para un examen prenatal. También alertará a Emergencias y a Admisiones en el hospital, para que le avisen directamente si una joven madre mexicana en trabajo de parto llega por allá. Y ahí está el número de su celular, por si Antonia necesita contactarla en persona.

En cuestión de minutos, Estela cuenta con alternativas que la protegen. Son salidas afortunadas, cortesía de Sam y su ejercicio como médico en un pequeño pueblo de Vermont durante cuarenta años. Antonia, y Estela por asociación, pueden echar mano de esa red y evitar caer en las entrañas del sistema de salud. Se trata, todavía, del hospital de un pueblo pequeño, con médicos y consultorios adjuntos. Pero ya se ve venir el cambio en el horizonte. Pronto el pequeño hospital desaparecerá, al igual que la escuela de un solo salón. El centro médico de Burlington, más grande, sustituirá al hospital y a los consultorios que le dan apoyo para el próximo verano. El director general ha estado enviando boletines cargados de frases tranquilizadoras: "Nada cambiará". "Usted todavía podrá…". Esos avisos también están pegados en todos los consultorios y salas de espera. Ya veremos, Antonia trata de ahogar su cinismo. Al fin y al cabo, la naturaleza de la bestia corporativa es devorar a los peces pequeños sin que nadie se dé cuenta, arrellanada en los pisos más altos de un edificio con vista panorámica al lago Champlain, lejos del mundanal ruido de rostros en las calles, de las tiendas de comestibles, salas de espera, oficina de correos, cooperativa, y de los muchos rostros invisibles que se cuelan cada vez más en el campo visual de Antonia, haciéndose visibles: Estela, José, Mario con un corte profundo en la mano derecha causado por la hoja del serrucho. Incluso el corpulento alguacil con la astilla clavada en el ojo adolorido... Pronto ninguno de ellos tendrá la opción de que los examine gratis un doctor considerado, en su tiempo. Tendrán que pasar primero por un buró de admisión en Emergencias, donde les pondrán un brazalete de plástico en la muñeca e ingresarán su información al sistema, creando un rastro electrónico que llevará directamente a la billetera en el bolsillo de atrás del pantalón.

Antonia llena una bolsa con cosas que Estela podría necesitar en los días por venir, donde el vecino o en el hospital, si es que llega el momento del parto antes de que regrese, cosa que preferiría: que alguien más se encargue del problema que fue a golpear a su puerta. Es poco probable que Mario y José tengan sábanas adicionales, toallas, frazadas, o que Roger aparezca con una canasta de bienvenida con jabón, champú y acondicionador. ¿Acaso los hombres usan acondicionador? Sam jamás lo usó, pero su pelo se había vuelto tan fino y ralo. ¡No tenía nada que valiera la pena acondicionar! Un cepillo para el pelo, desodorante, aceite para bebé, crema para las manos... ¿qué se le ofrece a una adolescente crecida en la pobreza, a punto de parir? Antonia recuerda a la gente de la iglesia de Sam, una congregación de ideas liberales y buenas intenciones, que armaba bolsas de aseo e higiene cuando viajaban a la República Dominicana, para distribuirlas allí. Además de las sugerencias de tipo práctico de Antonia, los donantes proporcionaban artículos que la propia Antonia jamás había usado: rascadores de espalda, exfoliantes para las plantas de los pies, suplementos vitamínicos a base de productos naturales. Una vez pusieron un espray para la higiene femenina, cuya función Antonia pudo deducir únicamente tras leer las instrucciones.

Hay gente que arroja panes de formas extrañas en las aguas de los necesitados.

Por el camino hacia la granja vecina, Estela se muestra llena de preguntas. ¿Cuándo estará de regreso Antonia? ¿Dónde queda Massachusetts? ¿Cómo se dice vaca, árbol, sol, nube, conejo, estrella? ¿Cómo se dice parir, me duele, tengo hambre, tengo miedo? Una repentina necesidad conmovedora de dar con las palabras precisas en inglés. *Cow, tree, sun, cloud, rabbit, star.* El tono de llamada de ladridos de perro se oye, estremeciendo a la joven, que busca alrededor el origen del sonido. Antonia se ríe. Es mi hermana llamando. ¿Cómo se dice *ringtone* en español? Antonia se orilla en el camino, pues casi llegan adonde Roger y no quiere parar a hablar en la entrada de su propiedad. Ha estado aguardando la llamada de Mona, o un mensaje de texto con el punto exacto donde la encontrará en el oeste de Massachusetts. Planea partir apenas deje su cargamento.

Mona ya se reunió con Nancy, la agente inmobiliaria. Se escucha supernerviosa, como si estuviera ocultando algo. Un caos de ladridos se oye al otro lado. No es que el tono de llamada se haya enloquecido. ¿Será que Mona viajó desde Carolina del Norte con sus perros?

No, no, no. Son los labradores de Maritza, dice Mona, molesta porque Antonia todavía no reconozca los ladridos de sus perros rescatados. Ecos de la irritación de Sam cuando ella no sabía automáticamente los pensamientos o sentimientos que pasaban por la cabeza de él.

Como te venía diciendo, continúa Mona, esta mujer es... muy *creepy*.

¿Creepy, o sea, siniestra, como el terrorista Unabomber? ¿O como un cerebrito que te saca de quicio? ¿Crees que le hizo algo a Izzy?

El mango nunca cae lejos del árbol, dice Mona riéndose, parafraseando el dicho en inglés que las cuatro hermanas habían latinizado cambiando la manzana por un tropicalísimo mango para insinuar que alguna actuaba de manera semejante a su madre. Mami árbol de mango tenía olfato de detective: siempre sospechaba de los amigos de sus hijas, averiguaba dónde andaban ellas, desentrañaba sus coartadas, sus indiscreciones, olisqueaba sus coqueteos con la marihuana, descubría sus diafragmas y paquetes de píldoras anticonceptivas en la gaveta de las medias. No hubo un solo desconocido con el que se hubieran topado tras llegar a los Estados Unidos de los Locos de Remate, de quien ella no sospechara que tuviera las peores intenciones. Y no era que estuviera categorizando y discriminando a los gringos, porque era igual de desconfiada con los dominicanos exiliados.

Lo que yo creo, dice Mona tras acallar el clamor canino, es que tu hermana le debe haber pagado un cuantioso depósito en efectivo a Nancy, que esta aspira no tener que devolver. Izzy también hizo una solicitud de préstamo en el banco del lugar, el cual no tiene muchas posibilidades de obtener. Y le dijo a Nancy que, si todo lo demás fallaba, podría pedirles el dinero prestado a sus hermanas.

¿Cómo llegó Mona a enterarse de tantas cosas? Su hermanita llevaba apenas unas cuantas horas allí. A regañadientes, Antonia siente admiración por la astucia y persistencia de la otra. Pero Mona le explica. Es una investigadora que Kempowski utiliza para la zona de Boston quien ha logrado enterarse de todo eso.

Mona le informa que la misma fuente averiguó que Izzy cerró su cuenta bancaria antes de irse de Boston, retirando unos diez mil dólares. Debe ser el fajo que Maritza vio en su cartera.

¡Izzy andando por ahí con todo ese dinero en efectivo! Una carnada para delincuentes, sin duda. Incluso si nadie llega a atracarla, ¿cuánto le podría durar? Cuántas veces les decía a los meseros y vendedores "Guarde el cambio", incluso cuando el cambio era más que el precio de la compra o servicio que estaba pagando. Cuando los había visitado, el verano anterior, Antonia y Sam habían llevado a Izzy al mercado de granjeros de la zona. Un muchachito de la calle, de no más de diez años, con lentes redondos, pecas y, para rematar, un notorio remolino en el pelo, estaba tocando el violín, y la gente de vez en cuando se detenía a oírlo antes de depositar en el estuche de su instrumento un par de monedas de 25 centavos o, cuanto más, un billete de a dólar. Izzy se había quedado hipnotizada, pidiéndole que tocara otra y otra y otra más, antes de dejarle un billete de veinte. Los ojos del niño se abrieron como platos mientras una Izzy sonriente gritaba ¡Bravo! a todo pulmón.

De ahora en adelante, ese niño jamás se conformará con menos, murmuró Sam mientras se alejaban. *Tu hermana* (aquí vamos de nuevo: nadie quería a Izzy en su equipo) siempre tiene que eclipsar a todo el mundo, incluso a este niño que toca el violín para recoger monedas sobrantes.

No creo que lo haya hecho por eso, la defendió Antonia, aunque no podía figurarse cuál era el motivo de la mayoría de esos gestos espléndidos de su hermana. ¿Sería alguna patología, como creían Mona y Tilly, o un espíritu demasiado grande y generoso embutido en una personalidad demasiado pequeña? En cuanto a la respuesta descontenta de Sam, ¿no sería que a ese policía bueno no le gustaba ser superado por un policía aún mejor?

Mona explica que Maritza y ella han estado encerradas en

Athol. Y, por favor, nada de chistes con respecto al nombre del pueblo, aunque ella ha sido la que lleva la voz cantante en eso de burlarse del desafortunado nombre del lugar. Mona encontró un Airbnb fabuloso donde permiten perros, con tres dormitorios y jacuzzi, en el que pueden instalarse todas mientras las autoridades locales dedican parte de sus recursos a encontrar a Izzy. Tilly ya está en camino, con Kaspar, que insistió en ir también. Se dirigen al este, recorriendo la ruta que pudo haber tomado Izzy, pegando avisos y hablando con los choferes de camión. Llegarán al día siguiente, tarde en la noche, o al otro día, temprano en la mañana, y entonces verán qué se puede hacer.

Así pues, no hay mucha urgencia con relación a la llegada de Antonia. ¿Qué puede hacer allá que no pueda hacer desde su casa? Son reacciones exageradas de las hermanas, siempre en crisis, haciendo sonar las alarmas, tan agotadoras en cualquier momento, pero en especial ahora cuando Antonia se siente como si la hubieran vaciado.

Eres la más gringa de todas, le han dicho sus hermanas a Antonia en tono acusador. No es más que un comentario, dijeron con petulancia cuando ella les preguntó qué había de malo en ser como era. Había que admitirlo, ella era la que se preocupaba por todo, la que perdía el sueño, la más ansiosa y disciplinada de las hermanas. No era que no sintiera lo que sentían las otras, sino que lo dosificaba en porciones pequeñas. Por supuesto, semejante divergencia cultural de las hermanas se consideraba una traición. De manera que, en los últimos años, había cuidado que las visitas a sus hermanas fueran breves, y los intercambios quedaran bien delimitados.

Antonia sopesa inventar alguna coartada, hacerse pasar por enferma unos cuantos días antes de unirse a la refriega. No es que quedarse en casa y tenérselas que ver con todo el asunto Estela-Mario fuera un paseo por el parque. Pero al menos retrasaría unos cuantos días el sentir las emociones escalando y coserse en su propia ansiedad al oír a Mona y a Tilly escupir teorías de conspiración. *Ella* es la persona más importante. La egoísta que se aparta de las demás, según el dictamen de las hermanas. Y ahora es la siguiente en la línea de sucesión, comprometida con el deber de cuidar a sus hermanas menores.

Estoy manejando, explica Antonia. Me detuve a la orilla del camino para hablar. Envíame la dirección en un mensaje, y te avisaré cuando salga de mi casa, ¿está bien?

Claro que sí. Ten cuidado. Te quiero. Readmitida. Vuelve a formar parte de las hermanas.

Yo también te quiero.

Yo más, dice Mona, llegando a competir sobre quien quiere más a las otras.

Nadie se asoma a la puerta del remolque a dar la bienvenida. Nadie se apura a las escaleras para ayudar a cargar la bolsa de Estela. ¿Será que los muchachos están limpiando para recibir a la huésped? A lo mejor piensan sorprenderla con detalles femeninos. ¿Un pudín? ¿Globos?

Dream on. Antonia se ríe de su propia ingenuidad, sigue soñando, sí.

Estela la ha estado observando de cerca. No entiende qué le hace gracia, pero sonríe tentativamente, y su cara trasluce la mirada ansiosa de quien busca complacer a alguien. Antonia siente que se ruboriza de ternura protectora.

Vas estar bien, le reitera a la muchacha.

Una vez en el remolque, Antonia ya no está tan segura. Mario está serio y callado. José está entusiasmado, llenando el silencio con su conversación. Estela, cautelosa, con la cabeza baja, dando las gracias en forma casi inaudible. José les muestra el lugar a ambas mujeres: la cocina sucia y diminuta, el diminuto baño sucio, dos diminutos dormitorios. José dejó libre el suyo para Estela; dormirá con Mario en el otro.

Ha llegado el momento. Antonia lleva a la preocupada muchacha a un lado y le pone un sobre entre las manos. Ahí está
mi número de teléfono y el de la doctora, y un dinerito. Cualquier... Cualquier cosa que suceda, vas con el patrón ahí al lado.
La nota explica lo que él debe hacer.

Y luego, repite de nuevo: vas a estar bien.

Los labios de la joven tiemblan, las lágrimas se acumulan en
sus ojos. Como la niña que se da cuenta de que su madre no se
quedará con ella el primer día de escuela.

De verdad, tengo que irme, suplica Antonia. Toca la pulsera
de hilo rojo en la muñeca de la muchacha. Acuérdate: estás pro-
tegida por su buena suerte. Dios te protegerá. Asoman las lágrimas. El llanto de Estela es silencioso. Sus penas no deben
perturbar a nadie.

Pero a Antonia la perturban. La joven, los dos niños-
hombres, el mundo de catástrofe inminente en el que viven,
ellos y otros como ellos. Antonia se ha salido de su estrecho
sendero. Ha visto por encima de la baranda el reflejo en el agua
abajo. Como en un sueño, los rostros se funden uno en otro: el
de Izzy, el de Sam, el de la joven que deja atrás, el suyo propio.

¿Cuál es el más importante?

7

Los objetos en el espejo están más cerca de lo que aparentan

DE CAMINO AL ENCUENTRO con su hermana, Antonia no puede dejar de pensar en Estela. No solo en la solución inmediata al problema de la muchacha, sino en qué será de ella, una niña con un bebé.

En el paso de la montaña, un carro está detenido en el mirador; un hombre y una mujer señalan detalles del paisaje. Ella no volverá a hacer eso nunca más con Sam. Sin importar los sorbitos o el camino angosto, la pena y el dolor siguen tendiéndole emboscadas: momentos inesperados, rincones, ranuras, grietas en las que el sistema de raíces del amor está incrustado en su vida. Ese sistema que fue brutalmente arrancado con un crujido como el que se oye al desprender un trozo de grama del suelo.

Antonia reconoce el punto en el que se salió de la carretera en ese sueño reciente. Ahora no hay nieve, ni una zona cubierta de hielo que la mande rodando por la ladera de la montaña, ni hay escarcha en el parabrisas. Los árboles dejan ver un tenue halo de verde y oro. La primavera, al fin. La estación preferida de Sam.

Ha venido escuchando un podcast. Una terapeuta, recientemente enviudada, relata su experiencia de pérdida y duelo. La mujer dice unas cuantas cosas sabias. De hecho, cita algunas de las perlas de Antonia: "en lo profundo del invierno... un verano invencible". "En momentos de oscuridad, el ojo empieza a ver", y cosas como esas, pero en lugar de consuelo Antonia siente irritación. ¿Qué le pasa? Escucha podcasts, lee libros sobre el duelo, busca respuestas a sus preguntas. Pero cualquier sugerencia que le hagan le molesta. Ya intentó eso y ¿saben qué? No funciona.

La terapeuta viuda trae a colación a Rilke. Más perlas. "El amor consiste en dos soledades que se protegen, se delimitan y se respetan mutuamente...". "Quizá estamos aquí para decir casa, puente, fuente...". ¿Cómo se dice "parir", "me duele", "tengo hambre", "tengo miedo"? (Estela se entromete de nuevo.) En una carta a una buena amiga suya, una condesa con demasiados apellidos, Rilke llega a comprender algo maravilloso, cuenta la terapeuta viuda. No quiere equivocarse al citarlo. Pide un momento para encontrar la frase en el texto. Antonia escucha las páginas pasar, y la mujer que lee: "la muerte no nos hiere sin al mismo tiempo elevarnos a una comprensión más perfecta de nuestro ser amado y de nosotros mismos".

¿Será que Antonia entiende a Sam mejor ahora que antes? ¿O a sí misma? Tal vez con el paso del tiempo sea así. Todo es demasiado reciente aún, a pesar de que el primer aniversario se aproxima con rapidez, tanto como puede pedir a la indulgencia ajena. Ahora mismo no necesita comprender, sino detener el desangrado del espíritu, taponar el agujero en el corazón.

Apaga a la sicoterapeuta viuda y pone una grabación que Izzy le había enviado recientemente. Una médium que se comunica con los muertos. Izzy había asistido a una sesión grupal en un gran auditorio, y la médium la había escogido a ella entre todo el público, encantada instantáneamente por su hermana, siempre ávida de atención. Alguien, desde el otro lado, pretendía contactarla. ¿Por casualidad la letra M tenía un significado especial para ella? ¿Mami?, había aventurado Izzy. O tal vez el tío Manolo, que había sucumbido víctima de un cáncer de hígado. Hay, además, un exmarido, Mark, a quien le diagnosticaron un tumor cerebral y murió en menos de un año. O tal vez era Maritza… pero no, un momento, Maritza no está muerta…

¡Ay Izzy, cariño, ese es el truco más viejo del mundo! ¿Por casualidad la letra M tiene un significado especial para usted?, remedaron las hermanas, burlándose. ¡Una apuesta segura, pues todo el mundo tiene que tener una mamá!

¿Por qué se involucraba Izzy con estos personajes falsos, seudo-evangelistas de la nueva era? Las demás hermanas pusieron a funcionar los cerebros en conjunto. Esos evangelistas eran el tipo de persona perfecto para la mayor de ellas. Son gente que anda en las márgenes, a donde Izzy va a arrojar su pan a las aguas, a alimentar a los dragones. Pero, en serio, ¿acaso su hermana tenía amigos que no estuvieran pasando por algún tipo de trauma, o en fase de recuperación tras haberlo sufrido? Es como si hubiera una fogata, e Izzy no supiera mantenerse a una distancia prudente para calentarse. Claro que no. ¡Qué teeeeedio! ¡Miren esto!, aullaba y saltaba al centro de las llamas. Izzy necesita ayuda.

Hay una explicación más sencilla, decía Antonia, la hermana egoísta, la que se aparta de la conclusión a la que llega el grupo. Izzy aún no superaba el duelo por la muerte de sus padres. Sí, no había sido a destiempo. Papi, con más de noventa, y Mami, con ochenta y tantos. Pero Izzy se había quedado sin nada ni nadie para llenar ese vacío. Hasta que hacía poco había salido con la idea del arte migrante en un rincón perdido del mundo. Antonia no había visto a su hermana tan entusiasmada desde… desde siempre. Mona meneó la cabeza, exasperada con la terquedad de Antonia para reconocer que su hermana tenía una enfermedad de verdad. Mona tenía un título de trabajadora social, si es que a alguien de la familia le interesaba enterarse. Antonia no tiene el menor conocimiento de sicología, así que no tiene cómo saber. Las euforias llegan muy alto, pero vendrá la caída, con seguridad. Personalidad bipolar clásica.

Pero Antonia sigue titubeando, pues cree que no es sino el temperamento propio de Izzy. A veces le parece que todo se debe nada más que al malestar crónico que se deriva de estar vivo. "Aun en Kioto / escuchando el canto del cuco / añoro Kioto" era uno de los haikus preferidos de Antonia, y le encanta citarlo ante sus hermanas. Todas tenemos que aprender a vivir con esa añoranza, con los agujeros que se forman en el corazón. Ese tipo de comentario puede haber funcionado bien en las clases, pero no con Mona y Tilly, que la cuestionan, Mona insistiendo en que Antonia sufre de negación de la gravedad del mal de su hermana, y Tilly intentando que la acepte a punta de palabrotas: ¡Por una única vez de mierda, haz el favor de estar de acuerdo!

Antonia tiene que ceder ante la experiencia de Mona. Pero es una lástima que todas las grandes pasiones hayan sido secuestradas por alguna patología. La indignación es ahora una forma de narcisismo herido. La ira, un problema de manejo del enojo. La venganza, un desorden de estrés postraumático. Estas pasiones antiguas ya solo existen en las novelas rusas y en los escenarios, especialmente en las óperas del Met que transmiten en el Teatro del Ayuntamiento. Mientras Madame Butterfly se suicida desesperada o Desdémona gasta su último aliento virtuoso en cantar, víctima de los celos de Otelo, Antonia llora sin reservas, para sentirse luego avergonzada cuando se encienden las luces y se ve rodeada de miembros del público con los ojos perfectamente secos. Lo que experimenta es catarsis, un término que usaba con frecuencia en sus clases cuando enseñaba tragedia griega. Una vez más, se da cuenta de cuánto extraña a sus estudiantes.

La médium grabada profiere el tipo de frases populares de consuelo que normalmente a Antonia le molestarían, pero ahora las escucha atentamente. Cómo reconocer las señales de nuestros seres queridos ya fallecidos. "Guiños del cielo", las llama la médium. Uno encuentra una moneda, y el año que tiene grabado significa algo. Antonia siempre encuentra monedas de un centavo, pero jamás se le ha ocurrido mirarles el año. Uno enciende la radio y resulta que están tocando una canción que tiene un significado especial para uno. Alguien desconocido llega a nuestra vida y resulta que respondemos como hubiera hecho ese ser querido que murió, y no como hacemos siempre…

Antonia por poco se sale de la carretera al oír este último ejemplo.

Su ser anterior de policía malo se hubiera resistido a involucrarse en todo el asunto de Estela. No es que Antonia sea dura, sino más bien que se siente fácilmente afectada por las necesidades de la gente. Eso es parte del problema. Y, en este momento de su vida, Antonia se siente tan seca, tan vacía, que no tiene nada para arrojar a las aguas de los necesitados.

Pero ahí está ella, planeando llamar a Estela esa noche para ver cómo se encuentra. ¿Cómo van las cosas con Mario? ¿Cómo te fue en la cita con la doctora? Ese vínculo con una desconocida es casi hormonal, como el de una madre con su recién nacido. Si no tiene cuidado, de sus senos empezará a brotar leche, ¡pero tendrá que ser la leche de la bondad humana! Sus tetitas de vieja ya han cerrado la producción. Eso también le ha cruzado por la mente, ¿habrá sexo después de Sam?

¿Y qué pasa si no hay un "después de Sam"? ¿Si ahora él vive dentro de ella? Mucho más cerca de lo que se imagina, como la advertencia que aparece en los espejos laterales de los carros: OBJECTS IN MIRROR ARE CLOSER THAN THEY APPEAR. Los objetos en el espejo están más cerca de lo que parecen. De nuevo una frase aparentemente común o un detalle al azar le dan a la vida forma y sentido. No cuelgue. Aunque no me escuche, manténgase en la línea, como decía la grabación de algún servicio al cliente. ¡La perfecta instrucción para meditar! "Toma de lo que me sobra", solía decir Mami cuando tendían las camas juntas y un lado de la sábana era mucho más largo que otro. Si tan solo Antonia hubiera aprovechado eso como pista para lidiar con su madre dominante. O el encantador "recalculando" de su GPS, que nunca la juzgaba cuando hacía un giro equivocado, sin impaciencia, sin regañarla por cometer un error. En el libro de texto que Antonia solía usar con sus estudiantes había un párrafo entero dedicado a esas instancias en una historia, "reductores de velocidad" narrativos que coloca el escritor para que el lector vaya más despacio y preste atención.

Pero el problema de Antonia es que presta demasiada atención. Siempre está reduciendo la velocidad, leyendo la prosa como si fuera poesía.

¿Lees cada palabra?, le preguntó Sam sorprendido. ¿Nunca nadie te enseñó la lectura rápida?

¿Cuál sería el propósito de leer así?, lo había desafiado ella. A veces, cuando él decía cosas así, Antonia se preguntaba si Sam y ella pertenecerían a la misma especie. Y ahora el ADN del espíritu de él circulaba por el torrente sanguíneo de ella.

Más cerca de lo que parece, una forma de inmortalidad.

¡SAM!, Antonia grita su nombre, tratando de que salga. ¡SA-AA-AM!

Da un viraje brusco, tomando el control del volante justo a tiempo para evitar salirse del camino hacia la ladera de la montaña.

El Airbnb en las afueras de Athol es una casita preciosa, tipo reloj cucú, con un caminito adoquinado que lleva hasta la puerta principal. En lugar de un pajarito, un par de perros salen saltando y ladrando a saludar a Antonia cuando se baja del carro, y por poco la derriban. Mona viene detrás, precipitándose por los escalones de la entrada con los brazos abiertos y cara de tragedia. ¡Ay, hermana, ay, hermana! Colapsa en brazos de Antonia.

Otra mujer se queda a distancia respetuosa. Debe ser la bella Maritza, o al menos así fue como Izzy describió a su amiga. ¿Una belleza...? ¿En serio? Caderas anchas y muslos macizos. Cabellera de un marrón subido, con canas que alcanzan a distinguirse en las raíces. Las cejas aún oscuras, luchando por crecer allí donde antes estuvieron depiladas en una época anterior a que las imágenes de Frida Kahlo o de alguna actriz que interpretaba su papel popularizaran las cejas pobladas. Pero a lo mejor Maritza había sido una belleza en otros tiempos, y hacía que hombres y mujeres voltearan a mirarla, teniendo con ellos aventuras dramáticas que acababan mal. Antonia recuerda alguna historia de un rapto, o tal vez era una puñalada... ¿Un amante convertido en asesino? La bella Maritza, una Helena de Troya moderna. Si así fue, a Maritza también le han pasado los años y luce más gruesa. Es lo que viene después del "y fueron felices para siempre" de los cuentos de hadas. Ahora todas ellas se hallan en esa etapa.

Otras dos mujeres salen de la casita. Una rubia, delgada, que parece ser amante de los perros también, a juzgar por la manera en que se agacha a acariciar a los perros de Maritza, hablándoles como si fueran bebés, y una segunda mujer, mayor, suave, con aires de muñeco de peluche al que dan deseos de abrazar. Debe ser la abuela de alguien. Tiene un moño algo despeinado sobre la cabeza, y unas divertidas gafas del mismo tono rojo vibrante de los camiones de bomberos, salpicadas con estrellitas negras.

¿Quiénes son esas dos?, le susurra Antonia al oído a su hermana.

La pandilla de Izzy, explica Mona, y las llama para que vayan a conocer a su hermana mayor. Al decir "hermana mayor" se le saltan las lágrimas. El título ha pasado a la siguiente en la línea de sucesión.

La rubia se presenta: Nancy, la agente inmobiliaria. No parece muy segura con relación a si estrecharle la mano a Antonia o abrazarla, un dilema que Antonia resuelve con rapidez tendiendo la mano. No le hace falta tener otra amistad de carácter dudoso. Nancy resulta cansona con sus lamentaciones. ¡Lo siente tanto, tanto, tanto! Está dispuesta a hacer lo que sea para ayudar, dice, repartiendo sus tarjetas como pañuelos de papel en un funeral. De verdad que no tenía idea. Su hermana parecía un espíritu libre, súper agradable, generosa hasta el extremo.

Todas estas alabanzas en retrospectiva ponen nerviosa a Antonia. ¿Acaso encontraron el cuerpo de su hermana?

No, no, no, nada de eso, la tranquiliza Nancy. Sus ojos aguamarina centellean de humedad... pero el color hace que su compasión no resulte genuina. Nancy dice que entiende lo preocupadas que están todas. Ella también tiene hermanas.

La otra mujer es la detective que Kempowski contrató para investigar en el lugar, Dorothy, pero pueden llamarme Dot. Antonia jamás hubiera pensado que la mujer mayor era una detective privada. Pero Kempowski sostiene que es la mejor para eso. Nadie se niega a hablar con una abuela. Llevaba un rato entrevistando a Nancy en el porche de atrás. Estaban terminando. Dot va a pasar por la oficina de Nancy más tarde, para recoger una copia de algunos papeles que Izzy había firmado, y su celular. Nancy se quedará con el depósito de Izzy por el momento, y será devuelto en su totalidad en caso de...

Dot y Nancy cruzan un vistazo. No hay necesidad de entrar en esos terrenos por ahora.

Nancy se va, haciendo sonar la bocina de una manera que parece demasiado alegre, dadas las circunstancias. Antonia y Mona enlazan los brazos. Es lo más cerca que Antonia ha sentido a su hermana menor en un buen tiempo. Siguen debatiendo la mejor manera de enfrentar todo el asunto Izzy.

Ay, hermana, hermana. Mona apoya la cabeza sobre el hombro de Antonia. ¿Cómo es que dice ese poema tuyo? Algo así como "construimos el espíritu con lo que es nuestro / ningún ángel vive fuera, sino dentro de los huesos".

¡Eso es toda una reliquia!, se ríe Antonia. Lo escribí cuando estaba... cuando estaba en la universidad, creo. Ni siquiera conservo una copia del poema completo.

No sé cuántas veces les he recitado ese poema a las personas que atiendo.

Mona recitando poesía. ¡Y, además, poesía de Antonia! ¿Y sirvió de algo?, se pregunta Antonia en voz alta.

No tengo la menor idea, resopla Mona, en uno de esos escasos momentos en que no se muestra del todo segura y confiada. Quiero decir, creo que mis pacientes se sintieron acompañados... A veces eso es lo mejor que podemos hacer por los demás.

Si eso es todo lo que se espera que hagamos por los demás, ¿acaso Antonia ya cumplió con su parte al escribir sus poemas? ¿O no hizo más que sembrar la compasión en otros? Como apartándose convenientemente del caos que una persona atribulada puede provocar en las vidas de los demás.

Mario, Estela, Izzy... ¿Qué es lo que les debe a todos ellos? Ya no es una pregunta abstracta que se lanza en una cena o en un salón de clase. Además, no es cosa de otros contestar lo que se le pregunta a ella. "Ningún ángel vive fuera, sino dentro de los huesos". El apogeo del cuidado de uno mismo: el yo divinizado. Vamos con calma, dice Antonia en su voz de GPS. Recalculando...

Dentro de la cabaña, parece una malograda fiesta de piyamas. Maritza les ofrece a todas masajes de espalda reconfortantes. Mona descorcha una botella de vino. Dot cubre la copa con una mano, está de servicio. Agua está bien, gracias. Dot no usa ninguna joya. Viste ropa discreta, sin marcas ni logos. Si la idea es no tener ninguna señal particular, convertirse en una tabula rasa, debería deshacerse de esas gafas tan llamativas.

Dot ha revisado el pasado de Nancy en busca de antecedentes, cualquier litigio o historial delictivo: no hay nada en las bases de datos. La nena está limpia. Mas no descarta codicia, interés, y la posibilidad de aprovecharse de un blanco fácil. Uno puede hacer muchas cosas en este mundo y salirse con la suya, pues esas cosas no están fuera del ámbito de los derechos de cada individuo. No es un delito sacar provecho de una persona en dificultades o que pronto desaparecerá del mapa.

Y eso de que Nancy terminara con el celular de Izzy, ¿no resulta sospechoso?

Eso mismo pensé yo. Mona asiente para confirmar. Pero Dot ya hizo averiguaciones al respecto y todo queda claro. Que se encuentre en posesión del celular de Izzy no es sospechoso *per se*. Es algo plausible. Supongamos que alguien deja el teléfono olvidado en tu casa. Obviamente, no puedes llamar a esa persona para decirle. Supones que reconstruirá el camino en busca del aparato una vez que se dé cuenta de que lo perdió. No olvides que Nancy no tenía idea de que Izzy estaba desaparecida. Además, se suponía que pasaría por aquí al regresar de Chicago. Eso fue lo que Dot le dijo a Nancy. En el peor de los casos, Nancy podría haber pensado devolverle el teléfono en ese momento.

Mona y Antonia se miran, levantando las cejas. Es una expresión de incredulidad que las hermanas comparten con su madre. Mangos del mismo árbol. Esa historia no se la creen.

Te cuento lo que yo hubiera hecho, dice Mona, con el tono justiciero de la hermana menor ofendida, a cuyas ideas nadie presta atención. Mona hubiera buscado en el registro de llamadas recientes y hubiera llamado a cada uno de esos números, para dejar un mensaje: "Favor de avisar a Izzy Vega que dejó su celular en mi casa". Maritza está de acuerdo. Eso es lo que ella también hubiera hecho.

Hay personas más descuidadas, les recuerda Dot, dándole a Nancy, la agente inmobiliaria, el beneficio de la duda. Ellas mismas tendrán que echar mano de ese beneficio para poder salir de muchas dudas. ¿Acaso alguna de ellas no había sido negligente con Izzy? Ella agotaba a cualquiera. "Tenían que gustarte las cargas para poder amar a Carson", decía un amigo de Carson McCullers en un artículo retrospectivo que Antonia había compartido en clase. "Muchos de nosotros no podíamos darnos el lujo de su cercanía, ni emocional ni económicamente".

Lo mejor que puedes darles a tus seres queridos es velar por ti misma para no convertirte en una carga para ellos.

¿En qué momento nos convertimos en cargas? Izzy había cuestionado a Antonia la última vez que ella se lo había dicho por teléfono. A Izzy le gustaba llevar los sagrados principios de los demás hasta llegar a conclusiones delirantes. Había que sacar la perla que llevaban dentro. Y entonces ¿qué?, preguntaba. ¿Vas a sentarme en un témpano de hielo y a tirar la llave? Como otros miembros de su familia, Izzy siempre confundía las metáforas.

A Dot le gustaría entrevistar a cada hermana por separado. Al principio, Antonia sospecha que la detective quiere alargar la duración de sus averiguaciones tomándoles declaraciones separadas, para pasar una cuenta más cuantiosa. Pero una vez que la lleva al porche de atrás, y que Dot empieza a acosarla con preguntas sobre Mona y Tilly, Antonia entiende la estrategia. Está detrás de los trapos sucios que puedan involucrar a alguna de las hermanas. ¿Cómo se llevaban las otras dos con Izzy? ¿Y Kaspar... a veces terminaban peleando? ¿Y el marido de Antonia?

Está muerto, dice ella sin ambages. ¿Acaso Dot no había hecho sus deberes? ¿Eso no le hubiera salido en cualquier búsqueda en Internet? Antonia Vega, 66, profesora universitaria jubilada, viuda. Ningún pleito pendiente, historial delictivo limpio. Recientemente dio refugio a una fugitiva, y le arregló una cita médica en el centro de salud Open Door. Hay muchas cosas en este mundo que uno puede hacer y salirse con la suya, y que no aparecen en una base de datos.

Lo lamento mucho, dice Dot con voz escarmentada. Es un momento difícil para afrontar otra pérdida.

Mi hermana no ha muerto, le contesta Antonia, cortante, a la otra mujer. Están empezando con el pie izquierdo. ¿Por qué dificulta tanto las cosas? ¿Qué haría Sam?

En realidad, Sam probablemente se levantaría para irse. Detestaba cuando las cosas se complicaban más de lo que él creía necesario.

Dot interrumpe la grabación que hace en su teléfono y le indica que no grabará esta parte de la conversación. Entiendo perfectamente lo difícil que es todo esto, dice con sinceridad. Yo me limito a hacer mi trabajo. No tengo más intención que traer de regreso a su hermana sana y salva. Si este no es el momento adecuado... La sinceridad trae consigo una amenaza velada.

La jaula está abierta... Antonia podría irse volando. Pero, si no es ahora, ¿cuándo? Y no quiere quedar como la hermana problemática. En el mundo de un detective privado, su incomodidad la convertiría en una de las principales sospechosas.

¿Cuál es el momento adecuado para hacer una cosa?

Acabemos con esto de una buena vez.

¿Hubo algún encontronazo reciente entre Izzy y alguna de sus hermanas? ¿Tomaba algún tipo de medicamento? ¿Era bipolar, como insiste en afirmar su hermana Mona? No parece haber un diagnóstico definitivo, ni un intento de tratamiento. ¿Tendría Mona razones para difamar a su hermana mayor?

Antonia puede sentir la tensión en su rostro. Reconoce su

propia propensión a la duda, a cuestionar el pasado, a sospechar y juzgar. Pero no quiere vivir en ese tipo de universo, incluso si resulta ser el verdadero. ¿A dónde quiere llegar?, confronta a Dot.

Entiendo que sus padres murieron hace poco. ¿Hubo algún desacuerdo con respecto a lo que estipulaba el testamento? A veces ese tipo de cosas pueden desgarrar a una familia. Uno de los hermanos trata de quedarse con una parte más grande de la herencia. Otra puede sentir que no fue justo lo que recibió.

Dot podrá ser lo mejor de lo mejor para hacer averiguaciones bajo el disfraz de una abuela confundida, pero obviamente no tiene mucha experiencia con el tipo de lazos que unen a las hermanas latinas. Para ellas, el conflicto es su *modus operandi*. Las comparaciones, la competencia entre unas y otras, las peleas, el decirse cosas desagradables, los timbres de llamada condescendientes, lo que sea, y al mismo tiempo la lealtad absoluta y la entrega a las demás. No se puede simplificar todo eso y calificarlo nada más como vileza.

Antonia tampoco puede hacerle a Dot un sumario condensado y coherente de la vida de Izzy. Sería como tratar de meter a un genio en una botella. Varios matrimonios, corazones rotos, lo que Izzy ha dado en llamar su rastro de lágrimas. El título de doctorado que le tomó una eternidad obtener. No sé cómo haces, le comentó a Antonia cuando estaba escribiendo la tesis. Cada vez que escribo algo, se quedan tantas cosas fuera. Pero no suficientes, había pensado Antonia mientras leía la tesis de mil páginas.

Luego vino la etapa en que Izzy se involucró con diversas causas: pero nunca de forma calmada, consistente, sostenida. Siempre había un elemento de drama. Se iba a Nicaragua a unirse a los sandinistas; partía a prestarse como escudo humano en la frontera; atravesaba descalza los Estados Unidos para llamar la atención acerca de la Fundación Pies Descalzos, y aseguraba que no se calzaría un par de zapatos hasta que todos los niños del mundo tuvieran el suyo propio.

¿Y qué pasará cuando nieve y tú estés con los pies desnudos en Kansas, con medio continente por delante?, le preguntó Antonia. ¿Y cómo vas a tener la seguridad de que todos en el mundo ya tienen un par de zapatos que ponerse?

Ya sales otra vez de aguafiestas. Izzy meneó la cabeza. ¡Estos detractores con los que tenía que lidiar!

Luego, vino la época después de las elecciones, cuando se compró un megáfono. Iba a estacionarse frente a la Casa Blanca, como esa señora de las *Mil y una noches* de la que Antonia siempre hablaba, y le contaría al sultán Trump mil y un cuentos en ese mismo número de noches. ¿Qué opinas?, le preguntó a Antonia.

Me parece que te van a arrestar.

Mientras tanto, la manutención cotidiana estaba por debajo de sus estándares. A Izzy no le duraba el dinero. Se enamoraba de hombres que se aprovechaban de ella, que la engañaban, que le robaban, que se iban de compras con su tarjeta de crédito. En los últimos tiempos, el desarraigo. La casa en venta, su casa como campo de refugiados.

Hasta Dot parece agotada. Sigue insistiendo en volver al elemento criminal, en el que pisa terreno más firme. ¿Qué hay de esos exnovios o de los refugiados de su casa? ¿Alguno de ellos podría haberle querido hacer daño?

El teléfono de Antonia timbra, un número que no reconoce, pero decide tomar la llamada de todos modos. Necesita apartarse del universo de Dot. Se disculpa, sale por la puerta del porche, y se aleja unos pasos por el patio oscuro hacia una banca de madera. Por suerte está sentada cuando oye la voz conocida que le dice: No te vayas a enojar conmigo *¿okey?*

...

Iba camino a donde Tilly. Tenía todas las intenciones de llegar a tiempo para el cumpleaños de Antonia. Tanto, que su carro está lleno de regalos. Sucede que atravesó un pueblo donde había una tienda de cerámica en liquidación…

Antonia la interrumpe. ¿Tienes idea de lo que hemos pasado en los últimos… qué… nueve, diez días? Antonia ha perdido la cuenta. Solloza de alivio. ¡Izzy está con vida! Pero ahora que lo sabe, tiene deseos de matarla.

Izzy no está dispuesta a que el remordimiento le ponga zancadilla. ¡Prometiste que no te ibas a enojar!

¿De verdad? En cualquier caso, más vale que Antonia se calme si no quiere que la hermana perdida cuelgue antes de que logre sacarle la información que necesitan para rastrearla. Durante un instante surrealista, se pregunta si será un truco. Si Izzy estará llamando desde la tumba. ¿Un guiño del cielo? ¿Un policía acostado de la narración? En cualquier caso, ¡pásame a Sam!

Poco a poco, la descabellada historia va tomando coherencia, que es todo lo más que puede esperarse de cualquiera de los relatos de Izzy. Iba camino a casa de Tilly, pero tenía que parar a pagar un depósito para comprar un motel. Y resultó que la gente que vivía al lado tenía unas llamas a las que iban a sacrificar, porque los dueños ya no las podían mantener. Izzy se ofreció a adoptarlas. ¿No recibiste mi mensaje?, pregunta con voz contrariada.

¿Qué mensaje?, Antonia siente como si hubiera entrado a un universo paralelo, en el que nada tiene una conexión lógica con otra cosa. ¿Para qué llevarse las llamas a Illinois? Tilly vive en los suburbios. Probablemente hay una ordenanza municipal en contra de tener llamas en la calle Happy Valley.

Por eso te llamaba, explica Izzy. Estarían mejor en Vermont. Hubiera manejado hasta allá para llevarlas, pero no contestaste al teléfono.

Tú sabías que estaba en Illinois, le recuerda Antonia. ¿Habría su hermana mayor registrado esa información? ¿Podría estar Izzy sufriendo algo de demencia?

Podríamos seguir hacia allá desde Illinois, propone Izzy.

Si antes no estaba segura, ahora sí lo está. Antonia está de acuerdo con Mona: Izzy necesita ayuda. Oye, Izzy, *honey*, dime primero dónde estás ahora, ¿*okey*?

En algún parador de la carretera, desde el cual la está llamando. Entró al baño y allí se encontró un aviso de "Se busca" en la pared. Una foto pésima. Ni siquiera se parece a ella. Si no, alguien la hubiera reconocido.

Izzy, te estoy hablando en serio, agrega Antonia. La policía te está buscando; contratamos a un detective privado. No te imaginas el tiempo y el dinero que esto ha costado. Pero, sobre todo, la angustia.

¡No seas aguafiestas!, la regaña Izzy con voz de "soy la mayor". ¿Cómo se atreve una de sus hermanas menores a decirle cómo son las cosas?

Antonia se da cuenta, está perdiendo a Izzy. La única manera de llamar su atención de nuevo es atraerla con una de esas historias tristes en las que a ella le gusta participar.

Óyeme, Izzy, Antonia interrumpe el regaño de su hermana. Ya no estoy en Illinois. Estoy en Athol, con Mo-mo. Tilly viene en camino. Hemos estado tratando de encontrarte. Pero además sucede lo siguiente: necesito volver a Vermont. Hay una jovencita indocumentada, embarazada, a punto de dar a luz, sola en este mundo, sin nadie a quien recurrir. Antonia le relata la historia, aumentando la emoción, aunque no es que lo necesite. Puede percibir a Izzy atenta a la escucha. ¿Acaso semejante empatía es una patología?

Antonia termina con una condición. No va a irse a Vermont hasta que Izzy vuelva.

No puedo, lloriquea Izzy. Firmé unos papeles. No tengo dinero. Y sé que ustedes no me lo van a prestar. Si asalto un banco, acabaré en la cárcel. O en el manicomio, bromea. Su sentido de la realidad no está distorsionado por completo. Izzy no ha perdido su sentido del humor. Hay esperanzas.

Podemos librarte de este acuerdo. Tu amiga Nancy, la agente inmobiliaria, casi llegó a decir que bien podía romper el acuerdo. No hace falta que Antonia agregue la condición: si alguna adversidad le hubiera acontecido al signatario. Lo último que Izzy necesita es que una idea como esa se le meta en la cabeza.

Mientras sigue hablando, vuelve a meterse a la casa, atraviesa el porche para ir hacia la sala, donde de repente reina el silencio. Mona, Maritza y Dot han detectado un giro sorprendente en las cosas. Antonia hace un gesto, llevándose el dedo con fuerza a los labios, para luego fingir que escribe algo en un papel, temerosa de que, si pone el altavoz del teléfono, la otra sospeche algo y cuelgue. Izzy, escribe Antonia, señalando al celular. Mona queda boquiabierta, pero Antonia hace un nuevo gesto para que guarden silencio. Las tres mujeres se acercan a Antonia.

Pídale su ubicación, garabatea Dot.

Antonia asiente notoriamente. Es justo lo que ha estado tratando de hacer. Izzy, *honey*, ¿dónde estás, cuquita? El sobrenombre que usaba su madre para la hija favorita en un momento dado.

Izzy dice de nuevo: ¿Qué voy a saber? En algún parador de la interestatal.

¡Hey!, Antonia oye una voz masculina en el fondo. ¡Vas a tener que despedirte! ¡Tengo que irme!

¿Quién es ese?, pregunta Antonia.

Un tipo muy amable que me permitió usar su celular. Perdí el mío.

Pásamelo, dice Antonia, sin saber si Izzy hará lo que le pide. ¿Me harías el favor?, transforma la orden en una pregunta. A la hermana mayor hay que hacerla sentir que tiene el control.

Ralph parece un tipo amable. Antonia le explica que su hermana no sabe bien dónde está. Siempre ha sido algo desorientada, y mejor no dice más, por si ese Ralph es un personaje medio oscuro para el cual una mujer mayor y vulnerable, forrada con los fajos de billetes de la cuenta bancaria que acaba de cerrar, es un blanco perfecto.

Antonia anota la ubicación. Interestatal 94, Salida 9, en Gary, Indiana. Dot y Mona se apuran a salir al porche, los perros detrás, a hacer llamadas de seguimiento. Antonia puede oírlas: Dot, contactando a la policía estatal; Mona, a su hermana Tilly. Mientras tanto, Ralph tiene que irse. Lleva una carga de queso crema que debía entregar el día anterior en Chicago.

¿Será que se ofrece a comprar el contenido entero del tráiler a cambio de que Ralph le sirva de niñera a Izzy hasta que llegue la policía? ¿Me podría volver a pasar a mi hermana?

¡Hey!, oye que Ralph la llama a gritos en medio del rugido del tráfico de la autopista. ¡Tu hermana quiere hablar algo más contigo! Lo siento, pero se fue, dice cuando vuelve a ponerse al teléfono. No se preocupe. No irá muy lejos tirando de ese remolque de animales.

No toma mucho tiempo poner en movimiento la operación de rescate. La policía de Indiana ha detenido a una persona al volante que iba zigzagueando por la autopista. Dot les pide que, por favor, retengan a Felicia Vega, reportada como desaparecida. La familia está preocupada. Mona logra hablar con Tilly y Kaspar, que están apenas a dos horas de Athol. Van a darse vuelta e ir a toda velocidad a Gary. Dependiendo de lo que necesite la policía estatal allí, el plan es recoger a Izzy. Y luego, ¿qué? Eso es lo que tienen que decidir las hermanas. ¿Adónde van a vivir las personas sin hogar cuyo témpano de hielo se ha derretido? ¿Qué es lo correcto que debe hacerse por alguien que no tiene la cabeza del todo en su lugar?

Entra otra llamada, pero esta vez es Beth Trotter. Nada más quiere reportarle las novedades a Antonia. Examinó a la futura madre. Por la posición del bebé y la dilatación de la cérvix, el nacimiento puede ser en cualquier momento. Pero Beth ha hecho sus averiguaciones. Como Estela es menor de edad, si llega al hospital sin un tutor o guardián, tendrán que notificar al Departamento de Infancia y Familia, que a su vez dará aviso a las autoridades de migración, el ICE, de que hay una menor sin papeles, y lo más probable es que la deporten antes de que nazca otro ciudadano estadounidense de piel morena. Las desgracias nunca vienen solas, ¿no?

Beth ya se puso en contacto con su amiga Deborah, una jueza, que puede proporcionar una custodia de inmediato. Tú serías la candidata perfecta, en eso Deborah está de acuerdo. Una respetada profesora emérita de una universidad, escritora, viuda de un admirado médico y, lo mejor, eres hispana, con la capacidad de comunicarte con la jovencita para su audiencia especial debido a su condición de adolescente. Pero estamos contra el tiempo. ¿Cuándo estarás de regreso?

¿Quién es la persona más importante? Antonia podría torturarse, pero la respuesta es tan clara como la luz del día. Ya saben dónde se encuentra Izzy. La policía del estado ya la tiene bajo custodia. Tilly va de regreso por la interestatal. Ahora comienza lo más largo y complicado: meter a Izzy a tratamiento, monitorear sus medicamentos, quizás buscarle también una residencia con atención médica. Mientras tanto…

¡Dios mío!, exclama Beth cuando Antonia le explica su situación. Siento mucho venir con toda esta historia en este preciso momento. Ya tienes bastante con lo tuyo. Las desgracias nunca vienen solas, definitivamente no.

Antonia está rodeada de problemas, andando por el camino estrecho. Todos los podcasts de autoayuda le aconsejan velar por sí misma primero. Pero los objetos en el espejo se acercan.

8

※

Solo se necesita

DE REGRESO, EN CASA, la luz de la contestadora automática de Antonia parpadea. Una docena de llamadas en que colgaron sin dejar mensaje. Al final, uno de los mensajes sí tiene contenido: Toni, ¿estás ahí? ¡Por favor, contesta! ¡Hola! ¡Sé que estás ahí! La voz de Izzy tiene un tono apremiante. Finge que no está en casa, se queja con otra persona. La llamada se corta.

Martes, 5:30 pm, anuncia la voz de la máquina. Hace un día. Izzy debió llamarla a casa antes de contactarla en su celular, en Athol.

El siguiente mensaje es de Izzy nuevamente. Perdón, no tenía intención de colgar. Está usando un celular que le prestaron. Perdió el suyo. De verdad necesito hablar contigo, ruega. Tengo un enooorme favooor que pedirte.

¿Será que Toni, ups, perdón, será que Antonia puede acoger unas llamas sin hogar que de otra manera van a terminar convertidas en carne para alimentar a los perros? Izzy iba a comprar una granja, pero ahora no cree que le alcance el dinero.

Tienes una tonelada de terreno alrededor de tu casa, le suplica. Son una familia, el papá, la mamá y la bebé llama más preciosa. Solo se necesita poner una cerca alrededor de un pedacito del terreno, y construir un pequeño cobertizo para que las llamas puedan guarecerse del frío en invierno.

Tan solo se necesita… un poquito de esto, un poquito de lo otro. Esos diminutivos que Izzy tanto adora.

Yo pagaré todo con mi dinero, agrega Izzy, su frase de siempre cuando no quiere atenerse a lo que decide la mayoría. Años atrás había sido en torno a las decisiones con respecto al cuidado de sus padres. Izzy quería que todas las hermanas hicieran su aporte para comprarle a su madre ochenta y tres orquídeas para su cumpleaños número ochenta y tres. Las demás hermanas se negaron. Mami ya se había vuelto muy olvidadiza por culpa del Alzheimer. ¿Cómo iba a ocuparse de todas esas orquídeas? ¿Y, además, dónde diablos las iba a meter en ese apartamentito tan atestado?

¡En el patio, pues claro!, respondió Izzy, con un tono de ¿Con quién creen que están hablando? ¿Con una idiota?

Pero Izzy sabía muy bien que Mami ya nunca bajaba al patio. Las escaleras eran demasiado empinadas.

Entonces, ponemos una de esas sillas eléctricas para bajar la escalera. Tienen cinturón de seguridad, ¿sabían?

Izzy, mi amor, ¿no te das cuenta de lo absurdo que suena eso? Antonia trató de razonar. Eso mismo hicieron Tilly y Mona cuando Izzy las llamó para quejarse de "su hermana Antonia, siempre tan aguafiestas". Por una vez, las tres estaban del mismo lado, unidas en contra de los descabellados planes de Izzy.

¡Pues no importa! Izzy siguió adelante y le consiguió a Mami las orquídeas para su cumpleaños con su propio dinero, y firmó la tarjeta "De tus cuatro hijas", para avergonzarlas y obligarlas a aceptar el trato.

Antonia tuvo que detenerse a pensar: ¿Cuál sería ese dinero suyo al que se refería Izzy, para poderlo dedicar a rescatar unas llamas y más aún para comprar un motel o una granja? ¿Cuánto obtendría por la venta de su casa? ¿Ese negocio se habría cerrado ya? Le había sorprendido enterarse de que Izzy tenía diez mil en una cuenta. La última vez que Sam y ella la habían invitado a visitarlos, apenas en marzo del año anterior, cuando cumplió sesenta y cinco años (una punzada de dolor la atravesó al pensar en lo mucho que puede suceder en un año), la excusa de su hermana fue que no tenía dinero para la gasolina.

En ese entonces, Izzy todavía vivía en Boston, en su casa. Ni siquiera necesitas llenar el tanque para venir hasta acá, señaló Antonia. Te pago la gasolina con mi propio dinero, agregó con algo de ironía, ironía de la peor.

Ahora, en su llamada del día anterior, Izzy se lamentaba de no tener dinero para terminar de pagar el motel. Entonces, ¿cómo puede darse el lujo de mantener una familia de llamas? Pero Izzy jamás ha sido alguien que se detenga a pensar en esos detalles prácticos. Además, saltó al tema de la foto mala en el aviso que encontró en el baño del parador. Pobrecita Izzy, con su mente desbocada. No hay un entramado de raíces que contenga a ese espíritu más grande de lo humanamente posible. Debe haber una ópera, tal vez una ópera moderna, sobre alguien como ella.

Antonia está a punto de borrar los mensajes erráticos de Izzy, pero decide conservarlos. En caso de que las hermanas tengan que aportar alguna prueba de que su hermana necesita una custodia que la ayude a navegar entre las Escila y Caribdis de sus euforias maníacas y sus bajones depresivos.

¿Alguien sabe a qué me refiero?, les había preguntado Antonia a sus estudiantes, al ver las caras desconcertadas cuando mencionó a Caribdis y Escila. Era otra manera en que ella marcaba el paso de su generación, cuando sus expresiones, gustos y hábitos les hacían poner los ojos en blanco, por lo obsoletos, a los recién llegados. ¿No es una película sobre dos mujeres descarriadas que se lanzan juntas a la aventura?, supuso una de las jóvenes, con esa entonación hacia arriba, de pregunta, tan típica de la voz femenina, respondiendo a una pregunta con otra.

Creo que está pensando en *Thelma y Louise* dice un compañero, volviendo la mirada confusa hacia la profesora Vega. ¿No eran una especie de dragones o de monstruos?

A Antonia le fascinaban esos momentos en los que sus estudiantes se traicionaban, dejando ver un sentido de curiosidad y asombro casi infantil al aprender el nombre de las cosas. "¡El cielo nos rodea en la niñez! / Asomos de la prisión empiezan a cercar / al niño que crece". Pero hay algunos que jamás disfrutan de ese cielo ni siquiera en la infancia, les diría a sus estudiantes ahora. Para la mayoría de las personas en el mundo, la felicidad no es el sentimiento primario. Entonces, ¿por qué nos sentimos afligidos por el sufrimiento que nos golpea? ¿A quién podría hacerle esa pregunta Antonia?

El último mensaje es del alguacil Boyer. Se aclara la garganta cuando suena el pitido del mensaje y de repente está en audio. Solo quería confirmar… mmmm… confirmar que todo está en orden. Ha pasado frente a la casa varias veces, y todo se ve muy silencioso y deshabitado. Pasará de nuevo cuando vaya de regreso a casa. Hora de la llamada, las tres y treinta de esta misma tarde. Son casi las seis ahora. Más vale que Antonia lo llame de inmediato y lo intercepte, antes de que se aparezca.

Su tarjeta está debajo del imán del refrigerador que dice "El tío Sam te busca", pero las palabras "El tío" están tachadas. Es uno de los muchos imanes que sus hermanas le han mandado a lo largo de los años, y uno de los pocos que ha conservado. Ha tirado la mayoría. Tras la muerte de Sam, sus banalidades la irritaban. Cerraba la puerta del refrigerador con tanta fuerza, que las sabias palabras caían al piso. "La vida es lo que sucede mientras haces otros planes". "No dejes que el ayer ocupe demasiado tiempo de tu hoy". "No tienes que ser perfecta para ser fabulosa". "Si sientes que estás en el infierno, sigue adelante" (ese también lo conservó). El alguacil contesta al segundo timbrazo. Caramba, ¿cómo está?

Recibió su mensaje, acaba de llegar, ha estado fuera, hay otro montón de llamadas por hacer, gracias por estar al tanto de todo.

Se alegra de que todo esté bien, pensaba pasar de camino al restaurante mexicano.

¿Restaurante mexicano? Debe querer referirse a Lulu's. Lulú es una de las madres migrantes sin papeles, una mujer madura buena para los negocios, que comenzó a preparar comidas para la población migrante, siempre en aumento, que añoraba la cocina casera. La esposa del granjero en la finca donde Lulú vivía con su hijo le preguntó si quería montar su negocio con ella. La esposa estaría al frente de la operación. Luego de unos cuantos meses, tuvieron que rentar espacio... Una casa pequeña en el camino al basurero municipal, que solía ser una florería y luego un salón de belleza, ahora es una fonda mexicana, sin ningún letrero al frente por obvias razones. Todo se sabe por el boca a boca, por eso resulta desconcertante que el alguacil sepa también. Preparan mucha comida para llevar, entregas a domicilio para distintas granjas. El hijo de Lulú incluso construyó un carrito sobre ruedas, que la esposa del granjero y su hija llevan al estacionamiento del mini-supermercado Shaw's a la hora del almuerzo. Es como un secreto a voces: el condado está inundado de trabajadores indocumentados que se dedican a todo, desde ordeñar ganado hasta preparar comidas sabrosas: enchiladas, tacos, chile con carne, frijoles refritos tan picantes como uno quiera.

Me encanta como cocina, el alguacil chasquea los labios para subrayarlo. ¿Y no podría tentar a Antonia con algo de comida para llevar de allá, hoy mismo?

¿Estará hablando en serio? No ha pasado ni un año desde que perdió a Sam. ¿Cuándo es el momento adecuado para invitar a salir a una viuda? Pero, hablando con sinceridad, incluso si hubieran pasado años, ella no tiene el menor interés en el alguacil Boyer. ¿Por qué posponer un no permanente?

Porque en el universo de Izzy, y en el de Sam, el universo en el cual Antonia quisiera poder vivir, siempre hay espacio para uno más. Y a lo mejor el alguacil Boyer solo está siendo un buen vecino. O tal vez el hombre necesita encontrar algo o alguien que le ayude a tapar el agujero en su propio corazón. Tiene cincuenta y tantos, supone ella, vive con su madre, está divorciado y tal vez tiene hijos regados por ahí, o distanciados.

Antonia vacila, una pausa mínima que siempre la mete en problemas. Al menos así solía ser con Sam, y ahora con Mario, con Estela, y siempre con Izzy.

Tal vez otro día, dice con entonación ascendente, como la de sus alumnas. Acabo de regresar, y hay un montón de llamadas…

Muy bien, entonces nada de comida hoy. Pero en todo caso le gustaría pasar un momento por su casa. Hay algo de lo que quisiera hablar con ella. De naturaleza personal.

Antonia siente una comezón en la piel. Ha desarrollado una alergia a las sorpresas de carácter personal. ¿Podría darle una pista de lo que se trata?

No serán más que unos minutos de su tiempo, contesta sin responder.

Unos minutos de su tiempo. Tan solo eso. Tres llamas. Ochenta y tres orquídeas. En cuestión de meses las orquídeas de Mami murieron en sus macetas de calabaza, por exceso de agua o falta de cuidados. Era un augurio, profetizó Izzy con el corazón roto, de que Mami moriría antes de cumplir los ochenta y cuatro. Y esa vez, Izzy había estado en lo cierto.

. . .

Mientras Antonia espera al alguacil, hace una llamada a la granja vecina. Mario, ¿cómo va todo?

Bien.

¿Y Estela? ¿Cómo está? ¿Bien?

Sí.

Respuestas secas, de pocas palabras. Los doñitas se han esfumado de su voz. Los mismos resúmenes genéricos y frustrantes que Sam siempre le daba, en lugar de informes sustanciosos. En cuanto a pasar a Estela al teléfono, no está con él, sino haciendo la limpieza en casa del patrón. ¿Con esa panza descomunal, a punto de dar a luz? Más vale no reprender al novio descontento y molestarlo. Antonia todavía tiene la esperanza de que haya una reconciliación. Demasiados años de enseñar *Orgullo y prejuicio* y *Romeo y Julieta*. Esas cosas se le meten a uno en la sangre.

¿Puedes decirle que llamé? Un cortante "Sí". Antonia se pregunta si Mario le dará el mensaje. Será mejor que vaya a buscar a Estela cuando el alguacil ya se haya ido.

También tiene que llamar a Beth Trotter y contarle. Por el camino desde Athol tuvo mucho tiempo para "recalcular". Sea cual sea el largo proceso de cuidado que requerirá Izzy, Antonia va a tener que olvidarse de la idea de solicitar la custodia de una menor de edad indocumentada y con un bebé. No puede habitar en los mismos espacios abiertos y desolados de su hermana. Antonia había esperado deshacerse con el tiempo de esas facetas insignificantes de su personalidad. Con ayuda de la sicoterapia, eso había pensado. En lugar de eso, parece que tendrá que aprender a vivir con la desilusión de no ser tan grandiosa como quisiera. Si trato de ser como tú, ¿quién se encargará de ser como yo?, le decía su sicoterapeuta cada vez que Antonia se decepcionaba consigo misma, otra expresión que la sicóloga había aprendido, cuando era niña, de su abuela, en yiddish. También había una de Abraham en las puertas del cielo, pero esa está menos clara en la memoria de Antonia. Siempre se hace un lío con la respuesta final de Dios.

La incomodidad del alguacil Boyer es evidente. En lugar de llevarse la mano al sombrero para saludarla, se lo quita, señal de que quiere que lo invite a entrar.

Adelante, le dice Antonia, advirtiéndose a sí misma que no debe dejarlo llegar más allá de la sala. Unos cuantos minutos de su tiempo, es todo lo que va a darle.

Disculpe que la moleste, murmura, mirándose los pies. Ese punto al que los presuntos machos vuelven una y otra vez en busca de orientación sobre qué decir. Resulta sorprendente, y en cierta forma entrañable, ver a ese hombretón fornido, con una pistola en una funda y una estrella en el pecho, convertido en un nudo de nervios.

Antonia no tiene idea de qué es lo que puede querer... Qué raro que los parlamentos de las otras personas no se le aparezcan en la mente, piensa. ¿Una sorpresa? En realidad, un alivio.

El alguacil quiere hacerle saber, dice, tras cruzar la mirada rápidamente con ella y volver luego a leer en sus botas lo que va a decir, que siente el más profundo respeto por los mexicanos. Todos ustedes saben lo que es trabajar, eso no se puede negar.

Ella no es mexicana, pero no importa. No va a corregirlo en este momento. Ya está en una situación suficientemente incómoda.

Ustedes están haciendo los trabajos que nadie más quiere hacer. De hecho, su familia había tenido que vender la granja unos años atrás porque su padre no logró sacarla adelante. Si hubiera tenido un par de esos muchachos, la familia Boyer todavía sería propietaria de esos cien acres sobre la carretera de Snake Mountain, donde ahora está ese proyecto inmobiliario. Se salió de su guion. Ya no se mira los zapatos.

¿Y adónde quiere llegar? Antonia solía darles un empujon-
cito a sus alumnos.

Por ejemplo, está Lulú. El alguacil menea la cabeza, maravi-
llado. ¿Alguna vez ha probado una de sus empanadas de pollo?
Antonia evita mirar la panza de ese hombre robusto, que se
desborda por encima de la hebilla del cinturón. Decide no comentarle que es vegetariana. Lulú es una buena cocinera, afirma.
Buena es decir poco. Una mujer como ella vale su peso en oro.
Lulú es corpulenta. Su figura en oro valdría una tonelada. Y
entonces, otra imagen se superpone a la de Lulú como un blo-
que dorado. Antonia se había preguntado si el alguacil le estaría
coqueteando, pero a lo mejor Boyer no solo está entusiasmado
con las empanadas de pollo, sino también con la atractiva mujer
que las prepara.

En mi área de trabajo, la voz del alguacil se había hecho más
grave, nos enteramos todo el tiempo de información confiden-
cial. No nos involucramos en asuntos migratorios. A menos que
alguien infrinja la ley, no es asunto nuestro. Pero nos enteramos
de cosas, ese es el punto. Y sucede que se enteró de que las autoridades en St. Albans, un poco más al norte, están planeando
una redada por estos lados. Lo dice por si acaso, nada más. En su
línea de trabajo se entera de cosas.

Una llamada a Mario y a José, y en cuestión de minutos
todos los trabajadores indocumentados de las granjas del condado estarán al tanto. ¿Qué tan pronto será?, le pregunta Antonia al alguacil.

Están consiguiendo una orden federal para asegurarse de que
todo se ciñe a las reglas. ¿Tal vez este fin de semana?, adelanta,
contestando su pregunta con otra pregunta. Todo parece indicar
que no es de uso exclusivamente femenino. Pensé que usted,
que habla español, ¿podría tal vez difundir la noticia? ¿Y tal vez
también contarle a Lulú? Es preferible no hacerlo por teléfono,
pues las llamadas podrían rastrearse. Y él le agradecería que no

mencionara la fuente por la cual se enteró. Nosotros no nos metemos en eso, ¿me entiende?

Antonia asiente. Claro, les avisará. No es un delito ser chismosa, ¿no? Pero lo principal es lo que ella le pregunta ahora al alguacil: ¿Qué les aconseja a estas personas que hagan? Personas. Todos los sustantivos despojados de adjetivos que los puedan identificar. Nada de marcas, y piensa en Dot. ¿Qué diría la abuelita?

Si yo fuera una de esas personas, cosa que implica un gran salto de imaginación, desaparecería del mapa. No andaría por los caminos, saliendo a entregar tacos o a enviar una remesa de dinero desde Shaw's. Al menos por el momento. Lamento mucho todo esto, concluye.

Y resulta que tienen en común eso de lamentar lo que sucede. Antonia le da las gracias en la puerta. Es muy generoso de su parte haberme contado esto.

¿Contarle qué?, pregunta, sonriendo mientras limpia las huellas de la buena obra que acaba de hacer.

Mientras ve alejarse a alguacil, Antonia se pregunta qué se le habrá metido al hombre en la cabeza, para que se tome tantas molestias. ¿No será que está fascinado con Lulú? ¿Por qué su mente gravita al instante hacia la trama romántica? Porque ya no se aplica a ella, por ejemplo. ¿No podrá estar motivado por algo tan sencillo como la generosidad? ¿O el amor? Amor del tipo definido por la raíz *agápē*, no por *eros*, una distinción que a menudo les señalaba a sus estudiantes, que de inmediato tachaban de amor cualquier pena entre muchacho y muchacha. Personificado en un hombre que podría encajar con tal facilidad en el estereotipo que Antonia y sus amigos tienen de la gente religiosa, de los derechistas, de los que andan con su arma y de los xenófobos. Es su propia manera de etiquetar a los demás, de definir a los otros como otros. Sea lo que sea lo que lo mueve, el alguacil Boyer no va a revertir la marejada de mezquindad que barre todo el país, pero al menos habrá salvado a un puñado de "los suyos", los de ella, de que se los lleven.

Estela corre al vestíbulo cuando oye la voz de Antonia frente a la puerta de Roger. Doñita, doñita. El corazón de Antonia se desborda de afecto al oír la evidente felicidad de la joven, y le recuerda esos momentos en que los bebés tienden sus manitas hacia ella. ¿Es eso lo que las madres sienten hacia sus hijos?

Estela está muy emocionada. El patrón le ha permitido ganarse un dinerito haciendo los quehaceres de la casa. Uno podría pensar que había conseguido un puesto importante en una oficina de un piso muy alto con un ventanal mirando al lago Champlain. A Antonia le pasa por la mente que este bien pudiera ser el primer trabajo remunerado de Estela.

El vestíbulo conecta con la cocina, que parece ser el centro de todas las actividades de la casa, además de la preparación de la comida. El aire huele a algo apetitoso, una carnita que Estela ha freído para que el patrón se la coma en la cena. Entonces ¿sabes cocinar?, Antonia pregunta sin pensar, antes de caer en cuenta que la joven probablemente jamás se ha podido dar el lujo de tener a alguien que le cocine, y menos aún de escoger entre las opciones de menú ofrecidas en las cafeterías de la universidad. En las noches en que se celebraban cenas de estudiantes y profesores, Antonia se quedaba pasmada al ver tanta variedad. Según había leído, las universidades habían subido los estándares de ese tipo para atraer estudiantes: áreas de comidas diversas, residencias tipo condominio, establos para los caballos. O para las llamas, probablemente. "Si no lo ves, ¡pregunta!", decía un cartel junto a una de las estaciones de comida.

Estela se ríe. Claro que sabe cocinar, y acaba de aprender a poner a lavar la ropa al estilo gringo. Les da una palmadita a la lavadora y a la secadora que hay en el pasillo de entrada a la cocina, máquinas que hacen el trabajo por ella, y a pesar de eso le siguen pagando. Risitas pícaras y alegres. Hay una televisión en una de las encimeras de la cocina, y a su lado un estéreo portátil que Antonia ha oído atronando en el establo, entretenimiento que acompaña a Roger durante las largas horas del ordeño. Todas las superficies parecen abarrotadas de montañas de catálogos, piezas y partes de equipos, periódicos viejos. Clavado en la pared, hay un dibujo caricaturesco de un tractor con cara lasciva, eso es lo que parece al menos, tomado de la parte superior de un viejo calendario de la ferretería Champlain Valley. Las hojas de los meses han sido arrancadas. Probablemente Roger pensó que el dibujo era gracioso y lo conservó. Al igual que la ópera, el arte que gira alrededor de los elementos de una granja es un gusto adquirido. Ahí va ella de nuevo, clasificando a la gente en unos y otros.

Estela sonríe orgullosa al ver que Antonia observa su trabajo. Se ve un camino limpio y brillante desde la puerta hasta la estufa. Las cortinas se notan recién lavadas y planchadas. Hay una montaña de platos limpios y vasos relucientes en la atestada encimera. Estela estaba terminando con el último de los sartenes.

Antonia se aleja un paso para así poder ver a la joven embarazada de arriba a abajo. Señala con un movimiento de cabeza la enorme barriga. ¿Estela debería estar haciendo todas estas tareas domésticas?

La muchacha se ríe de nuevo. ¡Ay doñita! Mi mamá, mis tías, mis primas, todas trabajaron hasta que se aliviaron. Después descansaron unas cuantas horas y regresaron de nuevo a sus oficios. Así se hace, dice Estela, con una seguridad que pronto tendrá que pasar la prueba en otro tipo de trabajo... sin su madre, sus tías y sus primas mayores alrededor para darle fuerzas mientras ella da a luz. Una de las muchas pérdidas que acompañan la pérdida mayor de una patria. Tal como sucede con Sam. Antonia se ve emboscada constantemente por algún recordatorio doloroso de su ausencia: su servilletero vacío en un cajón, la reparación que hizo con cinta en la vieja aspiradora, el calzador que usaba para las botas en un rincón del clóset de los abrigos.

La doctora fue muy amable, le informa Estela. Dice que todo se ve bien. El bebé está fuerte y sano.

La doctora quiere que Estela asista a clases. Hasta donde Antonia sabe, es una clase gratuita sobre el parto, auspiciada por el hospital. Pero Estela no puede ir porque no tiene *raite*. A Antonia le toma unos momentos darse cuenta de que Estela está usando la palabra en inglés, deformada por la pronunciación en español, *ride*. Lleva apenas dos semanas ahí y ya está hablando en *Spanglish*.

Antonia trae a colación el delicado tema de Mario. Estela titubea, pero antes de que alcance a decir algo, Roger entra desde afuera.

Discúlpeme por haber llegado hasta acá, lo saluda Antonia. Estábamos poniéndonos al día.

No hay problema, siga en confianza, dice Roger. A lo mejor, la sabrosa cena que lo aguarda le ha abierto no solo el apetito, sino también el corazón.

Entonces, dime, ¿cómo va todo?, Antonia vuelve a la pregunta problemática. Estela vuelve a mirar hacia Roger, que se está lavando las manos en el fregadero. Acuérdate: el señor no entiende español, le dice Antonia. Estela le puede contar la verdad sin correr el peligro de que él se entere.

Estela confiesa que Mario todavía no quiere tener nada que ver con ella. Parece a punto de ponerse a llorar, así que Antonia hace a un lado el tema y le pregunta a Roger si puede hablar un minuto con él. No le parece buena idea comentarle de la redada próxima delante de Estela. La joven podrá no entender, pero se percatará de la tensión. Ya ha pasado por suficientes cosas. Cada día trae su afán. ¿Por qué nadie ha puesto esa frase en un imán para refrigerador? Otra perla de sabiduría demográfica. ¿A lo mejor ha llegado el momento de reintroducirla en sus círculos?

Afuera en el vestíbulo, Roger pisotea con fuerza cuando Antonia lo alerta de los planes de las autoridades de migración. ¡Maldita sea! Esos intrusos del gobierno. ¿Y qué va a hacer él? Fulmina a Antonia con la mirada, como si fuera obra de ella ese dilema entre Caribdis y Escila en el que se encuentra. Otro equivalente moderno que hubiera podido mencionarles a sus estudiantes, citándoles la situación de su vecino en donde de ninguna manera puede salir ganando: o infringe la ley o pierde su granja.

Eso mismo le pregunté a quien me dijo, explica Antonia. Lo mejor es mantener a los trabajadores en la granja. Nada de llevarlos al pueblo a comprar nada, ni a otros mandados.

Roger sacude la cabeza hacia la cocina, desde donde pueden oír los sonidos de Estela que termina la limpieza. ¿Y qué hay de ella? No puedo hacerme responsable de llevarla al hospital cuando llegue el momento.

Tan pronto como Izzy quede bajo su custodia, Antonia tendrá que irse de nuevo. Quién sabe qué se requerirá en los próximos meses, para darle a Izzy el tratamiento que necesita. Tilly regresará a Ill-y-noise y Mona a Carolina del Norte. Por ser la más cercana en distancia, Antonia tendrá que hacerse cargo. Más que suficiente excusa para no ocuparse del cuidado de Estela. Antonia tiene que ser firme. Y a pesar de eso, no se siente nada bien eso de jugar a la papa caliente con un ser humano.

Me la puedo llevar un par de noches, hasta que tenga que irme de nuevo, ofrece Antonia. Tal vez pueda preguntarle a Lulú, que conoce a todo el mundo en la comunidad de migrantes, a ver qué sugiere. A lo mejor ella puede acoger a la joven desamparada y a su bebé. Estela incluso podría ayudar con la cocina y ganarse algo de dinero. Claro que Lulú tendrá que darse prisa para cerrar su cocina, haciendo sonar la alarma entre los trabajadores migrantes del condado. "La migra, la migra viene". Antonia puede sentir la agitación en su propio corazón. Va a ser muy difícil evitar que todos entren en pánico.

Antonia se acuerda de los pacientes que a menudo llamaban a Sam en plena noche, aterrados por algún dolor o problema. Sam siempre se las arreglaba para calmarlos. ¿Qué es lo que hacía él que ella ahora podría imitar? Una vez le preguntó cómo conseguía navegar su ruta en esos momentos de su vida en que se ha visto entre Caribdis y Escila (años atrás le había explicado la alusión). Lo pensó un poco, y luego meneó la cabeza. No se le ocurría nada más que eso que su madre siempre decía cuando se veía en una situación complicada, secándose las manos en el delantal, "Bien, veamos qué puede lograr el amor".

Otro imán del refrigerador, este con las palabras de la mamá de Sam. Pero Sam se burlaría de la necesidad de resaltar eso que era nada más que sentido común y elemental decencia. Sería como recordarte que debes respirar, a lo cual Antonia le dijo que eso mismo le habían recordado una buena cantidad de maestros de yoga y meditación a lo largo de los años. Veamos lo que puede lograr el amor, se aconseja por el momento. Las respuestas no vendrán fácilmente, ni tampoco rápido, y quizás nunca lleguen. A lo mejor, el simple hecho de hacer la pregunta la tranquilizaría lo suficiente como para continuar a través de la confusión del momento presente, aferrada a cualquier insignificante certeza que la aguarde más adelante.

Mientras Estela mete sus cosas en una bolsa, en el remolque, Antonia les transmite la noticia a José y a Mario. Quedan en silencio, desalentados. ¿Qué va a hacer el patrón ahora? Los dos hombres la miran, como si ella fuera la titiritera que los mueve. ¿Nos vamos? ¿Tendrán que huir antes de que los expulsen de la granja y del país?

Ahora mismo, lo mejor es mantener la calma, no dejar la

granja por ningún motivo. Ella va a llevarse a Estela, por si acaso.
Por si acaso se pone de parto esa noche, llevarla al hospital. No
le he dicho nada más, les cuenta, bajando la voz. Es mejor no
preocuparla con esa información inquietante por ahora.

    ¿Y qué pasará si la detienen?, quiere saber Mario. ¿Qué van
a hacerle a Estela? ¿La deportarán? Es buena señal, piensa Antonia, que muestre cierta curiosidad, aunque aún no sea preocupación genuina por la novia que ha rechazado.

    Vamos a estar bien, le asegura ella. Es muy poco probable
que el alguacil la detenga para preguntarle por la muchacha
embarazada que lleva su lado. De hecho, bien podría suceder
que Boyer le ofreciera una escolta de la policía hasta Emergencias, con luces intermitentes, si Antonia se la pidiera. Ahora
probablemente estará en su cocina, comiendo sus empanadas
con su madre, sin saber (o tal vez sabiéndolo muy bien) que el
pánico pronto circulará por el torrente sanguíneo de los habitantes ocultos de su condado. Para su crédito, Boyer hizo lo que
el amor le permitía en su posición de alguacil, en ese momento.
A lo mejor habrá más por hacer, y él lo hará.

Por el camino de regreso a casa, Estela le cuenta todas las cosas
nuevas que ha descubierto en los últimos días, desde que Antonia se fue. El televisor del patrón, su máquina de hacer palomitas de maíz, una lámpara que tiene dentro una cosa gelatinosa
que se mueve. ¡Roger tiene una lámpara de lava! Ese parque
temático y mágico que representa el Primer Mundo a ojos del
migrante, del refugiado, del pobre desgraciado que ha sido rechazado en otras playas concurridas, hasta que descubre que la
admisión a ese espectáculo mágico le está negada.

    De repente, un conejo salta ante los faros. Antonia da un
bandazo y lo evita. *Rabbit*. Estela recuerda la palabra en inglés
que Antonia le había enseñado durante ese rato en el carro, días

atrás. Pronuncia varias palabras más cuando pasan los puntos de referencia en el camino.

Eres una buena estudiante, la alaba Antonia.

Terminé la primaria, se jacta Estela. Hasta que su madre la requirió en casa. Seis hermanitas a las cuales cuidar. Una pequeña parcela para sembrar.

¿Y "estrella"? Antonia señala una estrella en el cielo del anochecer, para hacerle una prueba a su estudiante estelar. Pero Estela no puede acordarse de la palabra en inglés. *Star*, dice Antonia. Igual que tu nombre. ¿Sabías que Estela viene de "estrella"?

Estar, repite Estela, pronunciando mal la palabra inglesa, que suena más bien como el verbo "estar" en español. Antonia se acuerda de un versito en inglés que le enseñaron para distinguir entre los verbos ser, para algo permanente, y estar, para lo pasajero. *For how you feel or where you are, always use the verb* "estar". Estar, estar, practica Estela, riéndose cada vez que Antonia la corrige. Cuando voltean hacia la entrada, los reflectores se encienden, la puerta del garaje se abre. Estela aplaude encantada. El mundo del norte es mágico, sin duda.

Doñita, ¿por qué no puedo vivir yo también aquí? Si mi bebé nace aquí, él sí tendrá el derecho, y yo, su madre, ¿no? La gran injusticia de las circunstancias, les diría Antonia a sus estudiantes. ¿Qué le puede decir a esa joven? ¿Que veremos lo que el amor es capaz de lograr?

9

Comillas en el aire

¡BUENAS NOTICIAS!, REPORTAN LAS hermanas. Izzy ya se encuentra con Tilly y Mona. Pidieron una cita en Boston con una siquiatra muy conocida en el campo de los desórdenes bipolares. Sería ideal que todas las hermanas pudieran estar presentes. Solo es una idea, dice Mona a modo de disculpa cuando Antonia se queja porque suena un poco excesivo. Izzy sentirá que la acorralaron entre las tres. Dos hermanas deberían ser más que suficientes.

Unidas, seremos más fuertes, si nos separamos, la que pierde es Izzy, responde Mona.

¿Y esas son las buenas noticias?, piensa Antonia. Ni buenas ni noticias, sino la nueva realidad. Las nuevas buenas noticias. Deberían acompañar la frase con ese gesto de los dedos para señalar que va entre comillas. ¿Habrá alguna manera de hacer ese gesto y que se entienda cuando a uno no lo ven? El tono de voz *He-llo-oh?*, hubieran podido decir sus estudiantes, entonando la voz para dar la idea de ironía.

La cita es dentro de dos días, el viernes. ¿Qué tan pronto puede llegar Antonia?

Déjenme ver qué puedo hacer, cede por fin.

Tras llamar a sus contactos en la comunidad de migrantes, y constatar que nadie está disponible tras saberse de la alerta, Antonia decide preguntarle a Beth Trotter. ¿Podría recibir a Estela unos días mientras Antonia atiende una emergencia familiar?

Beth vacila. Supongo que puedo dejarla en la habitación de las gemelas. Ya no hace frío; ellas pueden dormir en el porche cerrado con malla mosquitera. ¿Sabes qué le gustará comer? Aquí no somos muy aficionados a la comida mexicana, pero he oído que hay un puesto al que van todas las enfermeras en busca de almuerzo, en el estacionamiento de la tienda de comestibles.

Es mucho más fácil cuando alguien dice simplemente no, N-O, tal como Roger no tuvo problema en decir, en lugar de arrastrarla a través de todas sus consideraciones. Antonia se siente decepcionada, no tanto por la respuesta de Beth Trotter, sino por el casi siempre fallido intento de actuar como seres humanos humanitarios. Con algo más de humanidad, Antonia se recuerda a sí misma que Beth Trotter trabaja a tiempo completo en el área de ginecología del hospital, y que todavía saca tiempo para ser voluntaria en el centro de salud Open Door. Además, es una madre soltera con dos hijas adolescentes. (El oficial Morgan, en el turno de noche, con rasguños en la cara, se le viene a la mente). Cada quien tiene su historia. A veces, al pedirle a alguien que dé lo mejor de sí, es preferible no saberla.

Y Antonia se sentiría igual si una persona cualquiera llegara a depositarle su muy válida causa ante la puerta de entrada. De hecho, alguien lo hizo, tocó a la puerta y luego se esfumó. Puedo buscar a otra persona, ofrece Antonia.

¡No, no! Solo estaba pensando en voz alta. Por supuesto que puede quedarse aquí, insiste Beth Trotter. ¿Cómo voy a decirle que no a una vieja amiga?

De hecho, era Sam el que había sido su colega en el hospital. En realidad, Sam formaba parte del comité que llevó a Beth a ese hospital. ¿Acaso hay una fecha de expiración para las ramas tiernas de la gratitud una vez que la raíz principal muere?

De verdad te lo agradezco, Beth. Sé que es mucho pedir.

¿Estás bromeando?, agrega Beth con generosidad. Es lo menos que puedo hacer. ¿Te he contado de aquella vez que Sam me sustituyó cuando Emily tuvo su accidente de esquí?

Antonia ya ha oído esa historia varias veces. Pero le debe a Beth su atención. En su pueblo, parece que todo el mundo quiere contarle su propia historia con Sam. Un testimonio de lo mucho que lo respetaban y querían. Esos recuentos son una especie de ofrenda. ¿A qué dios? Eso Antonia no lo puede saber. Lo que sí sabe es que por el momento ella actúa como su renuente sacerdotisa.

Mona y Tilly reservaron habitaciones contiguas en un hotel Comfort Inn, a una hora de Boston. Tilly y Kaspar en una, y Mona e Izzy en una suite, que tiene un sofá cama en la pequeña sala en donde Antonia podrá dormir. Será solo un par de noches, señala Mona algo molesta, cuando Antonia al principio insiste en reservar su propia habitación. Ya no somos niñas. Hazte a la idea.

Al día siguiente en la mañana las hermanas se reunirán con la siquiatra, y esperan que Izzy acceda a internarse en una residencia con atención médica para que puedan examinarla y administrarle los medicamentos necesarios. Después de eso, las tres hermanas tendrán que hacer un plan a largo plazo para ocuparse de la enfermedad de Izzy. Será necesario pagar sus cuentas, así como los otros gastos en que hubieran incurrido durante la cacería que llevó a esta especie de final feliz. Nancy, la agente inmobiliaria, había logrado convencer a los dueños del motel de romper el acuerdo de compraventa que firmaron con Izzy. Todo bajo control, como solía decir la cuidadora de su madre cuando las hermanas la llamaban para saber cómo había pasado el día.

Izzy se había replegado en la habitación tipo suite con una de sus migrañas, sin duda causada por la furia que siente hacia sus hermanas por haber orquestado esa intervención, y porque la policía del estado la había arrestado como si hubiera sido un criminal. La habitación está oscura, y las cortinas, corridas, cuando Antonia entra, anunciando que espera un gran abrazo. Más vale empezar con lo positivo.

Vete a la mierda, le responde Izzy a modo de saludo. Esto parece más una reacción de la bocasucia de Tilly que de Izzy, cuyas frustraciones desembocan en hablar marcando comillas que abren y cierran en el aire, y mucho bla-bla-bla para cosas de las que no quiere tratar.

A todas ustedes se les permite vivir su vida, pero a mí no. Como si fueran tan sanas y competentes. Izzy comienza a recitar una larga lista de conductas destructivas e hipócritas: bebida, cigarrillo, marihuana, adicción al trabajo, codicia y, la última, crueldad contra los animales. ¡Ah, sí! Mo-mo, la adoradora inquebrantable de los perros y activista a favor de los derechos de los animales, llamó a un refugio. Se llevaron a las llamas a quién sabe qué destino lúgubre. Ustedes son todas un hatajo de narcisistas. Antonia ha notado a menudo que el problema de tener hermanas terapeutas es que atacan lanzando todo tipo de diagnósticos contra los cuales uno no puede defenderse.

Somos horribles. En esto tienes toda la razón, responde Antonia, por obra y gracia de alguna instrucción aprendida y olvidada mucho tiempo atrás, que vuelve a la superficie para recomendarle que siempre debe estar de acuerdo con locos y alterados. Se sienta en el borde de la cama de Izzy luego de un encuentro que incluyó sollozos, de su parte más bien, mientras Izzy seguía inconmovible, mirándola con los ojos entrecerrados.

Antonia también la había traicionado al unirse a este complot en contra de su felicidad.

Al otro lado de la puerta cerrada, Mona está en el teléfono, dejándole un mensaje a la siquiatra con detalles actualizados. La hermana todavía se rehúsa a cooperar. Parece que el siguiente paso tendrá que ser contactar a un abogado para que emita una orden de custodia de emergencia, de manera que las hermanas puedan obtener en su nombre la ayuda que necesita. Tienen suficientes evidencias de su locura. Antonia no está segura de entregar los mensajes que quedaron en su contestadora. Por supuesto que quiere ayudar a Izzy, pero siente esa desazón conocida ante la idea de que una mayoría se halle en contra de una única persona que se opone. Lo normal en su familia es que esa opositora solitaria sea ella.

Antonia trata de razonar con su hermana. Solo tienes que reunirte con esta mujer. Una versión del "tan solo se necesita" de Izzy.

¡No voy a verme con ella! ¡No soy una maldita bipolar!

Antonia decide retroceder antes de que Izzy comience con otra de sus broncas. No hay furia comparable a la de la hermana mayor, acostumbrada a mangonear a las demás, que se ve sometida a ellas. Ya, ya, la consuela. Veamos lo que puede lograr el amor, se consuela.

Le acaricia los delgados brazos a Izzy, un cuerpo que conoce bien porque el suyo es muy similar. Son las dos hermanas que más se parecen entre sí. En las fotos de infancia, es difícil distinguirlas. No ayudaba mucho el hecho de que su madre, la eficiencia personificada, las vistiera con ropa idéntica solo que de distinto color, Izzy en amarillo, Antonia en rosa, un color de niñitas que luego ella rechazó en sus años rebeldes de adolescencia, aunque de niña presumía de que el suyo era el mejor color. Pero Izzy no sentía la menor envidia, a pesar de los alardes. El amarillo era indudablemente el mejor color de todos, el color del sol, sin el cual, ¿qué sería de la Tierra? En su juventud hippie, no podía evitar señalarle a Antonia: ¿Por qué crees que los Beatles escogieron ese color para su submarino amarillo? Incluso ahora, con más de sesenta años, Antonia no tiene ni una sola prenda de ropa de color amarillo. Su hermana mayor sería perfectamente capaz de aparecerse en el teatro del ayuntamiento o en la tienda de comestibles y arrancarle el pañuelo amarillo, o la chaqueta de ese color, gritándole ¡Ladrona! Era típico de Izzy armar una escena así.

Lo que la conmueve más ahora es la marca de nacimiento con forma de avión en la muñeca izquierda de su hermana mayor. Parece que hubiera pasado toda una vida desde la última vez que la contempló. Izzy decía que era un augurio, según le había dicho una de sus muchas santeras. ¿Acaso esa búsqueda de santeras, esa creencia en augurios y presagios que podía rastrearse hasta la infancia, acaso todas esas proclividades eran ya indicios de un desorden mental? Antonia sabe lo que diría su hermana. Izzy una vez estuvo a la cabeza de un movimiento profesional sobre la tendencia de los sicólogos del Primer Mundo a patologizar los sistemas emocionales y de creencias propios de otros países y culturas, como la propia República Dominicana, subestimándolos con términos como subdesarrollados, tercermundistas, de condiciones de pobreza. En lugar de los antiguos conquistadores y los misioneros, ahora los salvadores eran organizaciones no gubernamentales bienintencionadas, voluntarios de los Cuerpos de Paz y trabajadores en pro del desarrollo, quienes llevaban no solo ayuda, sino también respuestas. Otro tipo de conquista. Izzy puede tener la agudeza de un escalpelo a la hora de hacer disecciones de la injusticia sistémica, la codicia corporativa y otras mierdas de ese tipo. Hubo una época, recuerda Antonia, en que era una eminencia en ese campo, y la invitaban a dar conferencias a los estudiantes de medicina en Harvard, sobre cómo tratar a los pacientes del Tercer Mundo de forma respetuosa y sensible en términos culturales. Izzy perforaba el aire con los dedos, dibujando comillas.

La expresión del rostro de Izzy se suaviza de repente. La apariencia desbocada de la hermana maniaca se ha esfumado. ¿Cómo está tu amiguita?, pregunta con voz firme, como si toda la tragedia anterior fuera solo un montaje en el cual ella representaba su papel.

¿Cuál amiguita?

Izzy cierra los ojos y resopla... el mundo ha vuelto a decepcionarla. ¿Cómo puede ser que su propia hermana no sepa de inmediato lo que ella, Izzy, está pensando? Es horrible descubrir que los demás no son como uno. Aquí vamos de nuevo, nota Antonia sin poder evitarlo: el mismo problema que tenía con Sam. Dios cometió un único error, lo retaba ella. ¡No me hizo idéntica a ti! Eso lo dejaba callado. ¡Ja! Al fin decía ella la última palabra.

La joven de la cual me hablaste, le recuerda a Antonia. La que estaba a punto de tener un bebé.

Incluso en medio de sus peores crisis, Izzy tiene esos momentos en que su corazón se abre para acoger a alguien más. Si tan solo Antonia lograra mantenerla en ese punto "para siempre", tomando prestadas las comillas en el aire de Izzy.

Antonia le cuenta las últimas noticias con respecto a Estela, entre ellas la visita del alguacil y la redada inminente.

¿Y dónde está ella ahora?

Una colega de Sam la acogió por unos días, mientras yo estoy aquí. El novio no quiere tener nada que ver con ella. Y no, Antonia no tiene idea de qué pasará más adelante con la muchacha y su bebé. Ella, Antonia, definitivamente no puede hacerse cargo de ella ahora.

Casi que alcanza a oír el momento en que sus palabras caen sobre el suave fondo del corazón de su hermana. Allí, en ese punto que, de jóvenes, solían llamar "mi verdadero yo". El Buda que hay en mi interior que le hace una reverencia al Buda que hay en tu interior.

Yo la recibo, ofrece Izzy, quitándose las frazadas de encima para sentarse. No la ha visto así de energizada desde que comenzó la conversación. Las llamas. Las ochenta y tres orquídeas. La revolución de los artistas migrantes. El motel para hospedarlos. La granja para alimentarlos. Ahora, la adolescente embarazada y el bebé sin padre que pronto nacerá.

Ay, Izzy, suspira Antonia, conmovida a pesar de verse exasperada. Tienes que empezar por velar por ti misma. El mantra del Primer Mundo. Primero, su mascarilla de oxígeno. Después, la de los demás.

Izzy se deja caer de nuevo en la cama. ¿Para qué?

¿Cómo que para qué?

¿Todo este maldito cuidado? Y canturrea una canción que les encantaba en su adolescencia: *What's it all about, Alfie?*

Is it just for the moment we live?, continúa Antonia, tratando de pasar por alto la pregunta. ¿De qué se trata todo esto, Alfie? A veces no es un buen momento para mirar desde el ángulo existencial. Un día a la vez. Un pie delante del otro, ese es el camino que ella va recorriendo, y que ahora quiere que Izzy tome.

A propósito, ¿cómo va la migraña? Antonia cambia de tema, algo que nunca da resultado con sus hermanas, ni funcionó jamás con su madre. No es posible hacerlas cambiar de canal. Igual que con Mami. El árbol de mango, los mangos.

Olvídalo, dice Izzy, dándose vuelta para quedar de espaldas a ella. Déjame en paz, dice, sacudiéndose la mano de Antonia del hombro. Si no vas a ayudarme a mí, al menos hazlo con esa pobre muchacha.

Antonia siente una oleada de ira. ¡Todos se la pasan diciéndole lo que debe hacer! Empezando por Sam, que insistía en que era necesario porque Antonia no sabía lo que quería. Él se adentraba en el vacío de las consideraciones de ella con sus certezas sólidas y torpes. De repente, se siente enojada con él también.

Si estuviera vivo aún, ese sería el momento de unas de sus peleas. Eso también ya se acabó, y es algo que la enoja aún más. Como siempre, él tuvo la última palabra.

La doctora Campbell tiene una apariencia atractiva y andrógina. Tiene los antebrazos tonificados, de alguien que hace ejercicio, el apretón de manos, firme, cero maquillaje y nada de artimañas ni sonrisas fáciles. El único capricho a la vista es un mechón púrpura que asoma entre su cabellera café, muy corta y erizada sobre la cabeza. Indica algo, pero Antonia no sabe bien qué. Sus estudiantes sí sabrían. ¿Quién va a enseñarle esas cosas ahora?

La doctora Campbell escolta a las hermanas a su consultorio, forrado con libreros repletos de lo que parecen ser libros de texto, y entre unos y otros, aquí y allá, una esfera de nieve o un pisapapeles. No hay fotos familiares. Tal vez, al igual que sucedía con la detective Dot, ese toque personal daría demasiada información.

La doctora Campbell saluda a Izzy diciéndole doctora Vega, un gesto cortés que hará que le caiga bien de inmediato pues, como le gusta recordarles a sus hermanas cuando se dan aires de superioridad por sus conocimientos, ella obtuvo un doctorado en sicología y no un simple máster en trabajo social o uno de esos doctorados honoris causa que Antonia ha recibido por lengüilarga, sacando a la luz los trapos sucios de toda la familia en libros que llama de ficción. El que ella recibió es un pergamino legítimo que le tomó diez años obtener, con la ayuda de las correcciones de Antonia y de una hipnotista, para reforzar su seguridad. ¿Habría empezado en aquel entonces la parálisis de la voluntad, la falta de confianza en sí misma, el diminuto gusano químico que le carcomía al cerebro?

¿Puedo decirle Felicia?, le pregunta la doctora Campbell a Izzy, que hace un gesto de disgusto. Dígame Izzy, nada más, como en Dizzy Izzy, dice, fulminando con la mirada a sus hermanas. Ya conocía el epíteto "secreto" que le tenían, Izzy alocada.

¿Izzy?, la doctora Campbell sonríe, cautelosa. Por favor, llámeme Kim.

No resulta muy tranquilizador confiarle la siquis de una hermana adorada a alguien que se llama Kim. Doctora Campbell, insiste Antonia en llamarla.

La siquiatra tiene unos modales pausados y centrados. La mano de hierro en guante de terciopelo de la que se hablaba en otros tiempos. Debe andar por los cuarenta y tantos. Podría ser hija mía, especula Antonia, tal como solía hacerlo con sus estudiantes, al principio, pensando que podrían ser sus hijos, y luego, para cuando se retiró, sus nietos. La doctora Campbell quiere oír de labios de Izzy lo que le está pasando. Permitan que sea su hermana la que lo explique, por favor, les advierte cada vez que alguna de las otras interrumpe para corregir la versión de Izzy de la historia de las últimas dos semanas. En su infancia, cuando Mami era árbitro de sus discusiones, ese tipo de tratamiento preferencial hubiera despertado acusaciones motivadas por los celos. ¡La prefieres a ella! ¡No es justo! Pero Antonia supone que el enfoque de la doctora Campbell es una estrategia terapéutica y no un asunto de favoritismo.

Según Izzy, sus hermanas exageraron por completo su reacción. Ella se dirigía a la casa de Tilly, pero luego una cosa llevó a la otra, y ahí sucedió que extravió su celular de manera que no podía llamar para contarles que sus planes habían cambiado. ¿No es cierto? Así es, asiente la doctora Campbell, como si fuera muy razonable. Pero a ella nadie la engaña, aunque haga gestos de asentimiento. ¿Y qué hay de esas llamas que me enteré que había recogido? ¿Y dijo que pagó el anticipo para comprar un motel?

En la versión que cuenta Izzy, ella actúa con total probidad moral y emocional. Y Antonia está convencida de que así fue. Se da cuenta de que Izzy nunca ha mentido con el fin de engañar o confundir. Más bien, miente para hacer que las cosas se parezcan más a lo que debían ser.

¿Qué hay de malo con eso?, le contesta Izzy a Antonia, retándola. ¿Acaso es muy diferente de ti y de tus ficciones? Izzy no respeta las ilusiones de nadie. Ni siquiera el "arte" de Antonia, que cree superior a cualquier cosa.

El proceso continúa, y resulta tan enrevesado que Antonia se pregunta si la doctora Campbell en algún momento llegará al punto de emitir un diagnóstico y poner a Izzy en tratamiento. ¿O será que "Kim" cayó víctima del influjo de Izzy, artista consumada de la estafa, inteligente y encantadora? La hermana revoltosa y dispersa, la preferida de todos si sus vidas fueran una comedia televisiva.

¿Y qué tal si probamos esto, nada más para estar seguras?, propone al fin la doctora Campbell, con la voz aterciopelada que oculta el duro y frío acero. Para tranquilizar la preocupación de las hermanas, pero también para hacer un seguimiento de las quejas de la propia Izzy de que sufre migrañas y convulsiones, problemas que podrían desembocar en mini infartos, pérdida de memoria o algo peor, ¿no sería buena idea que Izzy se internara para hacerle un examen detallado?

La doctora Campbell acaba de pronunciar las palabras mágicas, pérdida de memoria. La demencia debe ser el dragón más temible a ojos de Izzy, dada la muerte de su mamá a causa del Alzheimer.

Hay toda una serie de factores fisiológicos que podrían estar contribuyendo a los síntomas de Izzy, elabora la doctora Campbell. Es por eso que recomienda un mínimo de dos semanas para análisis y estudios. Considérelo una especie de spa para su alma, agrega la doctora con una vigorosa carcajada. ¿Acaso no nos gustaría a todas tener esa especie de vacaciones para el alma? Se vuelve hacia las hermanas de Izzy, que asienten como esos obedientes perritos que menean la cabeza unida a un resorte, desde el tablero de los carros.

Izzy parece estar sopesando la propuesta de la doctora. Ella ha estado pensando en hacerse unos exámenes, confiesa. ¿Sabía Kim que su madre había padecido Alzheimer? ¿Y sabe también que investigadores del hospital presbiteriano de Columbia llevaron a cabo un estudio que arrojó que los dominicanos tienen una predisposición genética debida a tantos matrimonios intrafamiliares? Eso es lo que ocurre cuando uno solo se casa con los primos blancos. O que pretenden ser blancos. Todos tenemos el negro detrás de la oreja, sentencia Izzy, citando el dicho dominicano. Y luego sigue una larga línea tangencial sobre el tráfico de esclavos, sus tíos y tías más oscuros que justificaban su color diciendo que eran bronceados, el pelo de Izzy y Antonia, tan rizado que casi rayaba en afro.

La doctora Campbell escucha pacientemente. Con mayor razón entonces, estos estudios serán de valor para toda la familia.

Izzy plantea sus condiciones. Quiere que la evaluación incluya una resonancia magnética y un escaneo TC para establecer la línea de base de la agilidad de su cerebro. Por supuesto, por supuesto que sí, la doctora Campbell no podría estar más de acuerdo, el fraseo entusiasta que también funcionará con Izzy.

Antonia contiene la respiración. ¿Sí llegará a suceder? ¿Izzy va a aceptar ayuda profesional en una residencia con atención médica? Cruza una mirada con sus hermanas. En sus caras ve las cejas levantadas de esperanza cauta e incrédula que forma parte de su legado genético.

¡Un momento! Izzy apunta con un pulgar enfático en dirección a sus hermanas. ¿Qué hay del "diagnóstico", entre comillas al aire, de ellas de que soy bipolar? ¡Ya está! Acaba de señalar el elefante en la habitación. Las hermanas le lanzan señales de auxilio a la doctora Campbell, pero esta no les hace caso. La mujer probablemente entiende que debe hacerse amiga de ese elefante. A Izzy le encanta tener elefantes en la habitación. Son su mascota doméstica favorita, bromean las hermanas.

Bueno, pues si los exámenes resultaran con ese diagnóstico, y no digo que vaya a ser así, agrega la doctora Campbell, y la expresión de Izzy se pone tensa por la sospecha, si así llegara a ser, encontraríamos una manera de tratarlo.

¡Ya sé lo que traman!, dice Izzy con una voz de detector de metales. Ha dejado la trama de sus hermanas al descubierto. Me llenan de medicamentos para que así ya sea "funcional". ¡Antes muerta que convertirme en una zombi!

Pero ya antes ha estado medicada, dice la doctora Campbell tras revisar sus notas.

Sí, intermitentemente. Y esas medicinas no sirvieron de nada.

Eso puede ser parte del problema, afirma la doctora. Hay que darles tiempo. Pero, ojo, hay algo importante a tener en cuenta: esto solo funciona si trabajamos todas juntas. Nuestro enfoque se basa en el cuidado participativo. Queremos que nuestros pacientes descubran una nueva vida que vale la pena vivir, y que aprendan a tomar mejores decisiones. Parece que estuviera leyendo las frases en un folleto promocional. El cambio repentino a la primera persona del plural. La jerga profesional. No pierda la autenticidad, exhorta Antonia a la siquiatra en su interior. Ya casi hemos llegado.

Es la única manera en que esto puede funcionar, continúa la doctora. Muchos, muchos pacientes han encontrado ayuda en Liberty House. Los medicamentos son clave, pero Izzy tiene razón. Es necesario ajustarlos y monitorearlos atentamente. A menudo sucede que no es más que un pequeño desequilibrio en el sistema, como usted bien sabe, agrega la doctora, con un gesto de deferencia hacia Izzy, su colega. Es como si las dos estuvieran hablando de una paciente que comparten, otra Izzy, que a veces se sale del camino, que a veces pierde los estribos, y que necesita ayuda de ambas.

Izzy permanece en silencio, en su ánimo "lado oculto de la luna" que Antonia conoce bien por sus propias temporadas en ese estado. Poco a poco alza la cabeza, con ademán canino, olisqueando el aire, detectando un olor que no le permitirá seguir. Mira fijamente a la doctora, y después a sus hermanas, sentadas a su derecha, en una especie de trinidad de la rectitud. Antonia llega a pensar que hubiera preferido sentarse en otro lugar. Lo consideró al entrar en el consultorio, cosa que siempre hace, convencida de que el terapeuta ya ha asociado cualquier opción, ya sea sofá, mecedora, silla de respaldo recto o cojín de meditación en el suelo, con una enfermedad particular.

Mona y Tilly se mantienen firmes, respondiendo a la mirada penetrante de su hermana con las expresiones amorosas de sufrimiento que perfeccionaron a lo largo de la infancia para responder a los enojos de su madre. Pero Antonia nunca ha sido capaz de soportar los interrogatorios de Izzy. La mirada de su hermana atraviesa las varias capas de su yo, hasta llegar a esa parte tierna y espontánea que aún no ha practicado ni se ha fogueado ante un público. Antonia le devuelve la mirada y, a su vez, atraviesa las muchas capas del yo de su hermana, la Izzy encantadora, astuta, apasionada, coqueta, atraviesa las maniobras que le han permitido esquivar a sus terapeutas y evadir el tratamiento. Pero lo que Antonia ve la inquieta. Siente un líquido frío que le entra en las venas, como cuando le ponen anestesia en el hospital. Da un respingo, anticipando el dolor.

Izzy está más allá del alcance de ellas.

Oigo tus palabras, le había dicho unas semanas antes a Antonia por teléfono. Las oigo, pero no me llegan. ¡Qué pensamiento más horrible! Como ese poema de Emily Dickinson que

Antonia solía enseñar en sus cursos. La base de la realidad se rompía, y la persona que hablaba se precipitaba hacia abajo, chocando con un mundo en cada caída, pero sin sumergirse nunca definitivamente en uno. "Y terminé de saber, en ese instante...".

El poema termina en el aire. Más abajo no había más que la página en blanco. Ese era el dragón de Antonia, la razón por la cual había evitado el excesivo contacto con Izzy luego de la muerte de Sam: las palabras, las palabras que se le escapaban.

No sé, dice Izzy, su cabeza como un periscopio, volteando a todos lados para mirar alrededor. No sé. Creo que prefiero no pasar por eso.

Tilly es la primera en romper a llorar. Por favor, por favor, Izzy, te lo pido. Nunca más te voy a pedir nada, ¡te lo prometo! Ha caído de rodillas, y solloza con tal fuerza que no tarda en empezar a jadear, y con eso viene su tos de fumadora, un sonido horrible, seco y doloroso, como si cada vez que tose se le fuera a salir el alma. Verla en ese estado de agonía doblega a Mona, que cae de rodillas, y arrastra a Antonia consigo. ¡Qué escena frente a la siquiatra de modales tranquilos con su diploma de Harvard colgado en la pared! No es de extrañar que su paciente muestre conductas extremas. Todas las hermanas están chifladas. Pero, tal vez, la doctora Campbell estuvo entre el público el día en que la doctora Vega dio su conferencia ante la facultad de medicina sobre sensibilidad cultural. A lo mejor esta es la manera latina de mostrar preocupación por alguien.

¿Ve a qué tipo de cosas tengo que enfrentarme?, bromea Izzy, desplegando una sonrisa de camaradería para con la doctora.

Pero la siquiatra parece haber cambiado de bando. No va a aceptar una reacción simplista. Yo diría que sus hermanas la quieren de verdad, habla con anhelo en la voz, como si esa fuera una forma de amor que ella ha añorado y jamás ha llegado a conocer de verdad.

Entonces, supongo que... Izzy toma aire, y deja escapar un suspiro de rendición. Supongo que el amor termina por vencer. Las hermanas se abalanzan para abrazarla, animadoras de ese equipo al que la suerte le había dado la espalda, pero que finalmente ganó la partida.

Hay una avalancha de llamadas telefónicas: al médico encargado de admisiones en Liberty House, al siquiatra que encabezará el equipo que evaluará a Izzy, al farmacéutico que hará la prescripción que Izzy deberá empezar a tomar de inmediato, en dosis pequeñas, para tranquilizarse. Ya está decidido. Como es viernes, con el fin de semana por delante, el lunes Izzy se presentará en este mismo consultorio, y cruzará junto con la doctora Campbell el jardín que conduce hacia la casa que parece una mansión de la primera mitad del siglo XIX, para empezar su temporada de spa para el alma.

Izzy se levanta, más derecha que una lanza, entrechoca los talones y les hace un saludo militar. El corazón de Antonia se encoge. No, no, no, piensa. Esto no va a funcionar.

10

❧

Cucos en Kioto

LAS EMOCIONES BULLÍAN A flor de piel, como siempre sucedía cuando las cuatro hermanas se juntaban. Pero a pesar de la intensidad, el fin de semana había sido esperanzador, al fin y al cabo. El lunes a las diez de la mañana, Izzy sería ingresada con su propio consentimiento, en Liberty House, nombre que pronunciaba entre comillas, señaladas en el aire.

Sus hermanas seguían felicitándose mutuamente. Lo habían conseguido. *Monday Monday*, cantaban cuando sabían que Izzy no podía oírlas. Claro que este tratamiento no sería un remedio infalible. Izzy padecía una enfermedad que habría que controlar toda su vida. Se los dije, decía Mona con demasiada frecuencia.

Izzy andaba alicaída, empacando y volviendo a empacar sus maletas. Qué empacar para llevarse al manicomio, decía bromeando.

No olvides, le recordaban sus hermanas todo el tiempo, que no te estás yendo a Siberia ni a encerrarte en una prisión. Tienes libertad de salir, si lo requieres.

Izzy había respondido con esa mirada de nuevo, que había inquietado a Antonia en el consultorio de la siquiatra. Ocultaba algo bajo la manga, Antonia estaba segura. Prométeme una cosa, le dijo confrontándola sin rodeos, que no vas a... ¿Debía mencionar lo innombrable? ¿O le estaría dando ideas a su hermana? En lugar de eso, dijo, Prométeme que no vas a romperme el corazón, Izzy. ¿Me oíste?

Oigo tus palabras, pero no me llegan, había dicho. Su voz, pero sin ella detrás.

Kaspar había ido a Boston a ver la exposición de Boticelli en el museo Isabella Stewart Gardner. ¡Que disfrutes tus madonas!, lo habían despedido, acompañándolo hasta la puerta, encantadas de no tenerlo cerca para apaciguarles el temperamento. Cuando Tilly salió a fumar, llevándose a Mona para que le hiciera compañía, Antonia se metió a la cama con Izzy, confiando en insuflarle una poderosa dosis de consuelo de hermana.

¿Realmente crees que tengo una enfermedad?, preguntó Izzy, del todo presente en ese momento, con la cara muy cerca de la suya. Era imposible rehuir ese par de reflectores que deslumbraban los ojos de Antonia.

No supo qué decir. No quería afirmar que Izzy no necesitaba ayuda profesional. Pero tampoco quería que su hermana se sintiera dañada o disminuida de ninguna manera. ¿Quién puede ayudarme? pensó dirigiéndose al grupo de sus queridos escritores, cuya obra había estudiado, enseñado, atesorado, cuyas líneas y versos sueltos daban vueltas a diario entre sus pensamientos. ¡A ver, vamos! Que alguno de ustedes salga al estrado ahora. "¿Acaso no puedes curar a un espíritu enfermo? ¿Arrancar de su corazón un dolor arraigado?".

Ay, Izzy, la consoló Antonia, meciéndola en sus brazos. Esto es lo que pienso: la vida no es fácil. "Aun en Kioto, escuchando...".

No me ayudas para nada, dijo Izzy, zafándose del abrazo de Antonia.

...

Fueron varias las veces en que Antonia salió a caminar por el bosque detrás del hotel, bajando la cuesta de un montecito que llevaba a un riachuelo cuyas orillas estaban bordeadas por grandes piedras cubiertas de musgo, con los pájaros que se oían por encima del rumor de la autopista en la distancia. En alguna parte, tal vez en un campamento de verano, que era donde ella había aprendido la mayoría de sus conocimientos sobre la naturaleza (qué hacer en una tormenta eléctrica, qué hacer en caso de reacción alérgica a una picadura de abeja), Antonia recordó que le habían enseñado que, si se perdía en un bosque, buscara un arroyo, riachuelo o río y lo siguiera, pues tarde o temprano llevaría a la civilización. ¿Y qué pasaba si ella quería alejarse de la civilización? En realidad, las escenas en el hotel habían sido todo menos civilizadas: sus hermanas, no solo Izzy, pavoneándose, haciendo rabietas, la temperatura emocional siempre a punto de ebullición.

Antonia anhelaba escapar, pero ese fin de semana en especial se necesitaba la presencia de todas. En todo caso, ¿adónde podía irse en busca de un poco de paz? ¿Fue a Buda a quien su padre mantuvo aislado en el palacio para que no estuviera expuesto ni experimentara nada negativo, hasta que un día su cochero lo llevó a dar un paseo por fuera de las murallas del palacio, y el joven príncipe vio a un hombre enfermo, o un anciano, y quedó profundamente estremecido? Sí, aun sano y salvo en Kioto, siempre se oía el canto del cuco.

Durante una de sus caminatas ese fin de semana, su celular timbró con un mensaje. Había planeado no prestarles atención a esos intentos por comunicarse con ella... ¡veinte minutos de desconexión total, por Dios! Pero había cedido a esa piedrita en su zapato electrónico: solo voy a mirar muy rápido quién es. El mensaje de Beth Trotter iluminaba la pantalla. ¡Estela está de parto! Nada de qué preocuparse. Todo bien. Pregunta por ti todo el tiempo. Carita sonriente, corazón. La doctora Trotter se había desconectado. ¿Quién hubiera podido pensar que ese par de emoticones que Antonia menospreciaba por considerarlos una especie de taquigrafía de la pereza (esa intensa necesidad suya de dar con las palabras precisas) derribaría sus defensas? Sintió de nuevo esa oleada de instinto maternal.

Esa noche, durante la cena, Antonia les dio la noticia a las demás. Izzy estaba ansiosa por saber más detalles. Nuevamente, Antonia quedó perpleja al ver la rapidez con la que Izzy podía olvidar su propia angustia y sumergirse en la situación de otra persona desconocida. Esto le resultaba útil, la capacidad de ponerse a sí misma en perspectiva.

¿Y qué esperas? ¡Anda, vete!, le ordenó Izzy con su voz mandona. ¡No puedes abandonarla en un momento como este!

Pero si no está sola, replicó Antonia, y en el hospital tienen un aparato para traducir.

Izzy meneó la cabeza con cara de ¿a esto hemos llegado?, y su gesto recordaba la perplejidad de su madre al toparse con comportamientos agringados de una u otra. ¿Desde cuándo está bien eso de sustituir la presencia humana básica con una máquina? ¡Por favor!, exclamó Izzy con sarcasmo.

¿Y qué hay con dejarte a ti?, respondió Antonia. ¿Quién es la más importante? Algún día, en una de sus visitas futuras, Antonia le contaría a Izzy ese cuento de Tolstoi con las tres preguntas. Podría ser que le sirviera de algo saber que incluso los genios de la humanidad batallaban con las decisiones en su búsqueda de una vida con significado y propósito.

Pero no vas a dejarme sola. Izzy señaló con un ademán de la cabeza a sus hermanas, que estaban sentadas ahí, con miradas como chinchetas que fijaban a Antonia en su lugar junto a ellas. Ya tengo dos guardaespaldas. No necesito una tercera.

Muchas gracias, comentó Mona con una mueca. Por un instante fugaz, Antonia vio el fantasma de Mona, la niña agraviada, cruzando por el rostro de su hermana menor. Todas tenemos una vida, ¿sabes?, agregó, volteándose hacia Antonia. No eres la única que dejó en casa a alguien que te necesita.

Esto es diferente, Izzy defendió a su hermana. Esta joven no habla inglés. Y su novio la echó. Y además tiene ¿qué? ¿Quince años?

Una leve exageración que Antonia hubiera corregido en circunstancias normales, pero que dejó pasar, con la esperanza de que el error mitigara su deserción, si decidía irse.

Tilly y Mona miraron furiosas a Antonia, sus reclamos momentáneamente más grandes que sus corazones. Torcieron la boca, como su madre, con desaprobación. No es que Antonia e Izzy no estuvieran pensando en su interés propio. Antonia añoraba zafarse, y la situación de Estela le daba la excusa perfecta, además de permitirle conservar su postura virtuosa al ayudar a otra persona. En cuanto a Izzy, solo más adelante Antonia sospecharía que su hermana había querido sacarla del camino. La hermana de las campanas para llamar a misa, la hermana solícita y vigilante, que dormiría en el sofá cama y se despertaría si alguien pasaba por su lado, camino al baño con una bolsa llena de pastillas, mientras las otras dormían. Luego descubrirían que Izzy había asaltado también sus maletas en busca de cualquier medicamento que hubieran llevado, para agregar a su coctel mortal.

El domingo, luego de un tenso *brunch*, Antonia se despidió. Al final había apaciguado a Tilly y a Mona, al señalar que en unos cuantos días ellas dos se habrían ido, de regreso a sus casas, y que ella, Antonia, sería la más cercana en términos de distancia si había que atender algo.

Okey, haz lo que tengas que hacer, dijeron al fin, a regañadientes ante su partida. Y Antonia se había ido, oh, sintiéndose tan aliviada de liberarse de las hermanas. Pero al poner más y más tierra de por medio, se preguntaba: ¿Qué era lo que la hacía añorar tanto estar de regreso? ¿Una casa vacía que, a menos que cambiara de idea con respecto a Estela, seguiría vacía? Un mundo sombrío de medidas de auto-protección: ¿en realidad quería vivir en un mundo así? Todo el mundo atrincherado para protegerse del sufrimiento de los demás, acumulando sus inversiones en sus cotos privados de realidad, dando a su indiferencia el sentido necesario para vivir exonerados, con sus máquinas de ruido blanco en las consultas de los terapeutas ahogando el canto del cuco. ¿Qué decía el pájaro con sus penetrantes lamentos?

"Debes cambiar tu vida", había escrito Rilke al final de un poema que siempre conmovía a sus estudiantes.

Entonces, ¿cuándo la cambias? ¿Y cómo empiezas a hacerlo?, los apremiaba.

En el camino de regreso, Antonia repasó en detalle el rato que estuvo en la cama con Izzy. ¿Qué debió decirle a su hermana? ¿Izzy sufría de una enfermedad mental, o no? A pesar de lo loco del mundo, los extravagantes planes de Izzy a veces parecían una respuesta conmovedora, aunque no muy sensata. De hecho, Antonia tenía esas mismas inclinaciones a veces, los arranques salvajes de energía, el bajón de ánimo melancólico, pero había encontrado la manera de canalizarlos: en sus escritos, con sus estudiantes, con Sam. Cada una de esas barreras que antes tenía había cedido. Ahora no le quedaba más que los hábitos de auto-disciplina y control. ¿Qué pasaría si soltaba todo? ¿Terminaría uniéndose a Izzy en Liberty House?

¿Qué es lo peor que puede suceder?, le había preguntado a Izzy durante su tete-a-tete en la cama, con la esperanza de poner la situación de ese momento en perspectiva. Ahora, por primera vez desde que había perdido a Sam, Antonia se permitía mirar a los ojos a ese dragón. ¿Qué pasaba si llegaba a lanzarse de cabeza en lo más profundo de su existencia? Sintió la emoción de una mujer joven cuando decide dejar que el universo la lleve adonde sea. Pero la tentación duró apenas un minuto. Luego cambió de idea y se encontró murmurando una versión laica de la famosa plegaria de san Agustín, "Señor, hazme casto, pero aún no".

Hazme una versión más grande de mí misma, pidió Antonia, pero todavía no. Esperemos a mañana. Mañana, mañana, el remate de tantos chistes discriminatorios sobre latinos perezosos, que la gente solía contar sin reservas y que ella nunca creyó que tuvieran gracia.

Y el mañana por fin llega. Una agradable mañana de principios de mayo empieza a clarear. Antonia sale de un sueño profundo, alarmada por el sonido de perros que ladran.

Tantea su mesita de noche hasta dar con el teléfono. Del otro lado, una Mona histérica, chillando. ¡Por Dios! ¡Antonia, no vas a creer esto!

Antonia está completamente despierta, sentada en la cama, mirando por la ventana, en uno de esos momentos en cámara lenta justo antes de que el mundo cambie para siempre y se convierta en un antes y un después de este instante en particular: una luz primaveral tenue, como de acuarela, se va extendiendo a pinceladas por el cielo, apagando las estrellas. Los pinos que delinean el límite sur de su propiedad se mecen: el viento debe estar soplando del norte. Los árboles de las colinas distantes ya retoñaron, con brotes de un verde esmeralda brillante, rodeados por el verde más oscuro y sereno de los árboles de hoja perenne. La tierra sigue ahí, se recuerda una y otra vez, mientras Mona le transmite entre sollozos la noticia de que ya solo quedan tres de las cuatro hermanas.

Cálmate, tranquila, le insiste Antonia a la alterada Mona, al otro lado del teléfono. Con toda seguridad, Mona exagera. Lo que dice no puede ser cierto. ¡Sus hermanas caen en hipérboles con tal facilidad! Igual que Mami. Los mangos caen cerca del árbol.

La calma de Antonia enfurece a Mona. ¡Por Dios! ¡No lo puedo creer! Quiere que me tranquilice, le informa Mona a quien quiera que esté junto a ella, probablemente Tilly. Mona ha repetido correctamente el contenido, pero no el terror que subyace bajo la helada superficie de las palabras de Antonia.

Vamos, Mo-mo, sabes lo que quiero decir. *Okey, okey*, cede Antonia. Más vale no contradecir a los locos y a los iracundos... la instrucción enterrada vuelve a la superficie. Cuéntame, *¿okey?* ¿Qué fue lo que pasó?

Le dije a Kim que obligara a Izzy a entregar todos sus medicamentos, y no que le diera los que le recetó para que ella misma se los administrara. ¡Nadie me presta atención nunca!, lloriquea Mona. Arrasó con todo lo que tenía, y con todo lo que pudo encontrar. Mis analgésicos, mis pastillas para dormir. Hay frascos vacíos por todas partes.

¿Y esto cuándo fue?, pregunta Antonia. Tiene suficiente buen juicio para no hacer la pregunta obvia: ¿Dónde estaban ustedes mientras esto sucedía? Pero Mona alcanza a percibir las campanas de misa en el tono de Antonia. Se pone de inmediato a la defensiva. ¿Cómo iban a oírla? Se deslizó al baño sin hacer ruido mientras ellas dormían. Para cuando nos despertamos, estaba sin conocimiento en el piso.

Esto no puede ser, piensa Antonia. Pásame a Tilly, dice con la voz apretada en un nudo. Quiere una segunda opinión, una alternativa a las malas noticias que le da Mona.

Pero Tilly tiene aún menos coherencia que Mona: aullidos animales y gemidos que expresan un dolor insoportable.

¿Hola? Una mujer toma el teléfono. Antonia asume que es una enfermera, porque es mujer. Su condicionamiento salta al frente en situaciones de crisis. Soy la doctora Kane, se presenta.

Se oye demasiado joven para estar a cargo de la vida de cualquiera. Debe ser su primer trabajo tras graduarse de medicina, el último eslabón de la cadena, el turno de madrugada en Emergencias en un hospital pequeño al oeste de Boston.

Su hermana está aún con vida, responde la doctora Kane a la primera pregunta de Antonia. Por un momento, siente un alivio tan inmenso que farfulla ¡Gracias, gracias! De ahora en adelante, solo va a escoger a médicos jóvenes como amuleto de buena suerte. El médico que había visto a Sam en Emergencias, el amable doctor Wolcott, debía andar por los setenta y cinco.

La doctora enumera, como si estuviera presentando un examen ante una junta de certificación de médicos, todos los procedimientos que ha llevado a cabo para resucitar a la paciente: canalización, intubación, medicinas para estimular el ritmo cardiaco. Todos nuestros esfuerzos han fracasado, concluye en un susurro. Su hermana se mantiene con vida por medios mecánicos, pero si los desconectáramos moriría en cuestión de minutos.

El alivio de Antonia ha sido tan fugaz que parece cruel haberlo invocado. Pero dijo que todavía estaba con vida, le recuerda a la doctora, con el mismo tono de fastidio que usaba con su madre cuando esta se retractaba en una promesa que había hecho.

¿Quiénes son los parientes más cercanos?, pregunta luego de una pausa densa. ¿Dejó testamento?

En otro momento, uno menos terrible, Antonia hubiera estallado en carcajadas. Por supuesto que la doctora Kane no puede saber que Izzy sería la última persona en considerar semejante eventualidad. Ni siquiera podía saber en dónde iba a estar en un día determinado.

Entiendo que no tiene cónyuge ni hijos, ¿cierto?, continúa averiguando la doctora.

Nos tiene a nosotras, la hermandad de las cuatro.

No entendí bien, disculpe.

Tiene a sus hermanas. Y una tonelada de personas que supuestamente la "adoran", agrega Antonia. Desde ya echa de menos las comillas en el aire típicas de Izzy.

Entonces, ustedes, sus hermanas, tendrán que decidir qué procede.

¿A qué se refiere con eso de que tendremos que decidir qué procede? ¡Usted es la doctora! Antonia está iracunda con todos los médicos. Permitieron que Izzy se automedicara. Permitieron que Sam muriera. Pronto también permitirían que ella muriera. ¡Debería darles vergüenza!

Lo siento mucho. La doctora Kane parece genuinamente apenada. La joven doctora había sido entrenada para no implicar la idea de un posible error, u ofrecer una disculpa que pudiera llevarla a los estrados judiciales.

¿Hay alguna posibilidad de que se recupere?, Antonia le suplica a la mujer. A ver, por favor, veamos si algo puede hacerse.

El daño cerebral que sufrió es irreparable, dice la doctora con voz amortiguada, como si fuera un secreto que Izzy no debe oír.

¡Pero estoy dispuesta a darle a mi hermana lo que necesite!, ofrece desesperada. Un órgano, transfusiones de sangre. ¿Dónde diablos aprendió ciencias Antonia? ¿También en el campamento de verano? Izzy necesita un cerebro nuevo, otro corazón, una nueva vida. Tenemos el mismo tipo de sangre, ¿sabía? Cuando niñas, la gente siempre pensó que éramos gemelas. El mismo pelo rizado como lana que ambas detestaban y se alisaban, las mismas rodillas protuberantes, la figura huesuda.

La doctora Kane insiste: Lo siento mucho.

¡Esta mujer no sirve para nada! ¿Me la pasa, por favor?

La doctora Kane vacila. Su paciente no está en condiciones de hablar.

¡Pero claro que Izzy no puede hablar! Antonia no es una idiota total en términos de ciencias. Sabe qué es posible y qué no. Basta con que le ponga el teléfono al oído, solloza Antonia. La rabia se le ha difuminado, las armas han caído al suelo.

Antonia oye el cascabeleo del respirador, el pitido de los monitores, sus hermanas que lloran al fondo. Ay, Izzy, ¿cómo pudiste hacerlo? No puede pensar en otra cosa, pero no quiere que sus últimas palabras a su hermana sean un regaño, como cuando le aguaba la fiesta el encontrarle el lado malo a sus planes más entusiastas. Sin embargo, a Antonia no se le ocurre una sola palabra para decirle. Finalmente ha llegado ese momento aterrador que tanto ha luchado por evitar, cuando no solo el mundo, sino las palabras saltan en mil pedazos, y la caída sigue y sigue sin fin.

Si alguna vez llegaras a necesitar una transfusión de sangre o un órgano, le había dicho una vez a Izzy en la oscuridad de su dormitorio compartido, embargada de amor por su hermana mayor, recuerda que siempre estaré a tu disposición.

¿Estás bromeando?, se burló Izzy. ¿Por qué iba yo a querer tus piojos?

Antonia se alegró de estar a oscuras, porque así Izzy no podía ver sus lágrimas. Ahí estaba ella, ofreciéndole a su hermana su vida, y la otra la rechazaba. ¿Por qué la detestaba tanto Izzy?, quería preguntar, pero sabía lo que le contestaría: ¡Porque haces unas preguntas muy tontas!

Durante toda su infancia, Antonia estuvo convencida de que Izzy la odiaba. Hasta ese día en el campamento de verano, cuando Antonia se cayó del caballo durante el show hípico el fin de semana que los padres estaban de visita. Quedó tendida en el polvo, la sangre goteando por detrás de la cabeza, los ojos cerrados, como muerta. Izzy había saltado al ruedo, llorando y arrancándose el pelo y suplicándole a Antonia que recuperara la consciencia. ¡Por favor, por favor, Toni, por favor, no te mueras!

Parecías una *banshee*, gritando como si te fueras a descoyuntar, relataba su madre (¿De dónde diantres había sacado el término *banshee*, que pronunciaba mal, como *bang-she*?). Antonia no recuerda la caída, pero sí haber despertado del desmayo y escuchado el llanto inconsolable de Izzy. Y sabe que tardó en abrir los ojos para saborear ese momento exquisito: ¡Izzy la amaba! Una luz se encendió en la vida de Antonia.

Y ahora Izzy la había apagado.

La secuencia es borrosa y vaga. Hay un trayecto a Boston esa mañana, una estadía de cuatro o cinco días, ¿o fueron más? Cambiaron de hotel, pues les ponía los nervios de punta seguir en el primero... Hay que lavar la alfombra, el vómito verde dejaría unas leves manchas. La gerencia responde con mucha amabilidad cuando las hermanas ofrecen reembolsar los daños. Hay que hacer arreglos, firmar documentos, cuentas por pagar... "El barco costoso y delicado... tenía un destino por alcanzar y navegó en calma"... versos que solían servirle de salvavidas... mantras para tener a raya la confusión, hilos para encontrar el camino en el laberinto, salir volando, sin ataduras, sin conexión, bla bla bla de significado obsoleto. Hay una demora para cremar a Izzy, ya que tuvieron que involucrar al servicio forense, pues aunque no es delito desaparecer ni ocasionarse la muerte por mano propia, por uno de esos misterios burocráticos las autoridades necesitan saber que un suicidio fue precisamente eso.

Así que no será hasta varias semanas después, luego de que Mona y Tilly hayan regresado a sus respectivas casas, que Antonia regrese a recoger las cenizas en la funeraria, volviéndose ese mismo día bajo la luz suave del final de la tarde, una luz dramática más que ninguna otra, Izzy en el asiento de al lado en una caja blanca que absurdamente le recuerda a Antonia la comida china para llevar. En la bolsa ("Patterson e hijos: celebramos la vida, familia por familia") hay una tarjeta con una paloma blanca que vuela sobre un cielo diáfano, enviada por el Centro de Donación para acusar recibo de los órganos de Izzy. "Su donación lleva el don de la vida. ¡Gracias!".

De nada. No hay por qué agradecer. Por favor, ni una palabra más. Antonia bromea con las cenizas de Izzy, a su lado. Todas esas palabras amables y eufemismos que acompañan la muerte de un ser querido. El asombroso verbo en inglés que utilizó la doctora Kane, *harvest*, cosechar, cuando le preguntó a Antonia, que parecía la menos deshecha de las hermanas, no le decía mucho. ¿Qué órganos de su hermana debemos cosechar para donarlos? Antonia se imaginó una cosechadora como las que Sam le había mostrado en su natal Nebraska, que cortaban franja tras franja entre las olas ambarinas de cereal, en lo que quedaba de la granja de su familia. Sam de rodillas en su huerto de Vermont, sacando papas de la tierra.

¡Tome todo lo que quiera!, le había respondido, alzando la voz en un grito liberador. Una extraña hilaridad le había sobrevenido. Antonia se sintió como una rebelde que consigue abrir por completo las puertas de una ciudad atrincherada, haciendo público todo lo privado que antes estaba contenido allí. Sonaba como si estuviera descontrolada, pero por qué no lanzarse a la electrizante sensación de caer y caer, golpeando un mundo en cada giro…

¡Cosechen todo! ¿*Okey*? ¿*OKEY*?, voceó Antonia aún más fuerte.

Lo siento mucho, repitió la doctora Kane.

11

※

Como si...

HA HABIDO MOMENTOS EN la vida de Antonia que parecen haber estado en extraña sincronía con eventos que han estremecido al mundo. Dejó a su primer marido el mismo día del accidente nuclear de Three Mile Island. Se había casado con Sam unas horas antes de la masacre de la plaza Tiananmen, y la imagen de los tanques derribando a los jóvenes con los brazos extendidos, contraparte del abrazo que ella le daba a Sam, la obsesionaba en cada aniversario. La noche del terremoto de Haití, mientras los edificios se derrumbaban aplastando a hombres, mujeres y niños bajo los escombros, murió su padre.

No era como en ese poema de Auden sobre el sufrimiento, y cómo se da mientras otra persona abre una ventana o come un trozo de pastel. Un muchacho cae del cielo mientras un barco costoso y delicado pasa navegando. Su vida, en cambio, parecía ir montada en el mismo tren que el horror, el horror. Y como cada acontecimiento público era tan devastador, su drama particular parecía una nimiedad, en comparación. Era un atenuante, el alinearse con un mundo mucho más grande que uno mismo. Ponía sus insignificantes penas (y dichas) en perspectiva.

El arte nos recuerda que estamos todos conectados, el tipo que se come su pastel, la patinadora que surca el hielo. Sus estudiantes parecían absortos tomando notas, o tal vez, como en el poema, tenían la mente en otra parte: en enviarle un mensaje de texto al novio, en quejarse con la madre de que la profesora de literatura inglesa habla y habla sin parar.

Pero el día en que Sam murió no ocurrió nada de impacto global. El mundo no registró su partida. Incluso, desde la distancia, esa fecha parece uno de esos días lentos en la historia, un día sin importancia. Todo el mundo se llevaba más o menos bien o, al menos, no se estaban matando por sus diferencias.

Tampoco el día en que Izzy, rescatada de sí misma, devuelta a sus hermanas, en camino a la residencia siquiátrica donde se supone que iría a "descubrir una nueva vida que valía la pena vivir" y "aprender a tomar decisiones mejores", rodeada por "un equipo de especialistas complejo y multidisciplinario que la apoyaría", como prometía el texto del folleto, ni el día en que desapareció, esta vez para siempre, hubo ningún augurio ni señales de alerta.

¿Tal vez la época de las sincronías cargadas de significado había terminado? ¿Qué puede suceder luego de que lo peor ya ha sucedido? ¿"Tras un último no vendrá un sí"?

¡Cállate!, le grita Antonia a Stevens. ¿Dónde estuvo el poeta cuando lo necesitaba para convencer a Izzy de que siguiera adelante, de que esperara a que el "no" de hoy se convirtiera en el "sí" de mañana?

Todos los días, Antonia oye en las noticias que el planeta agoniza. Es el terrorismo de la naturaleza: grandes tormentas, ríos que desbordan sus cauces, témpanos de hielo que se derriten bajo las garras de los acongojados osos polares. El mundo del desastre inminente ya no es solo el territorio de los pobres. Los arrecifes desaparecen, especies enteras se esfuman para siempre, "esas generaciones moribundas, entre cantos", las aves marinas se atragantan de plástico, pequeñas aldeas se sumergen bajo el océano, las aguas suben. Para el Día de la Tierra, uno de sus antiguos estudiantes la invita a la universidad, a una manifestación para pedir que la institución rechace las donaciones en acciones de compañías de combustibles fósiles. Uno de los oradores, un periodista británico, habla con entusiasmo sobre la labor que les espera, sin tener en cuenta el combustible fósil que se requirió para hacerlo cruzar el charco. Lo que dice no es novedad para Antonia, pero la manera en que expone el problema la conmueve hasta la médula.

Se nos pide que hagamos algo que la humanidad no ha hecho jamás, explica, y se percibe la emoción en su voz. Estamos exigiendo acciones en beneficio de personas que aún no han nacido. Más aún, como las áreas que resultarán más afectadas por el cambio climático serán las más pobres del planeta, estamos hablando del grupo con menos visibilidad y representación del mundo. Tenemos que imaginarnos a estas personas para darles existencia, y luego hacerlas sujeto de derechos, y luego, sobre esa base, llevar a cabo acciones sin precedentes que involucran a toda la sociedad.

¿Cómo no va a perder las esperanzas ella?, se pregunta Antonia. Como si respondiera a sus pensamientos, el orador dice que el pesimismo sería una catástrofe de carácter ético. Tenemos que vivir "como si". Es decir, en una metáfora.

Antonia, más que nadie, debería ser capaz de hacerlo. Ha pasado toda una vida trabajando esas viñas, dando saltos metafóricos, cultivando sus propias parcelas de prosa y poesía. Tiene que vivir como si Sam, como si Izzy, como si sus padres, sus tíos y tías, como si, como si... La lista de pérdidas continúa... como si ellos no quisieran que Antonia cayera en una de sus depresiones y se reuniera con ellos.

...

Es una primavera desgarradora. Antonia siente deseos de ordenarles a todos los retoños y bulbos que se vuelvan a meter bajo tierra... los azafranes, los narcisos, los tulipanes. El cantero de ruibarbo de Sam, los surcos de espárragos, los canales que cavó en el bosque. Es una afrenta verse ante tanta nueva vida.

Estela ha compensado estas generaciones moribundas trayendo al mundo a una bebita sana. Pero, como si la afligiera el mismo abatimiento que a Antonia, la joven madre se niega a alimentar a su hijita, y tampoco come mayor cosa. No quiere tener nada que ver con la recién nacida. No es mía, repite insistentemente.

¿Cómo no va a ser suya?, objeta la doctora Trotter. ¡Vi a esa bebé salir de su interior! Beth entiende lo que sucede con el padre, pero no es culpa de la bebé. ¡Bebé necesita mamá!, la doctora machaca el escaso español que recuerda del bachillerato.

Pero Estela no cede. No quiere a esta bebé desconocida. Quiere otro bebé, uno de Mario.

Deberán tener paciencia, recomienda la consejera del centro de salud Open Door. Al fin y al cabo, la flamante madre también es una niña traumatizada. Habrá que enseñarle cómo cuidar a la bebé, cómo velar por sí misma. Solo se necesita un poquito de paciencia, y brindarle tranquilidad de manera constante y consistente, hasta que se sienta segura.

Solo se necesita un poquito de esto, un poquito de lo otro, los diminutivos del español que Izzy, nuevo elemento en la lista de pérdidas, lamentaba como una limitación del inglés.

No es la vida entera, ni la custodia permanente, sino ayudarla a pasar esta crisis. Basta con que Antonia rescate al muchacho que cayó del cielo al agua en ese poema de Auden dedicado al sufrimiento. Eso puede hacerlo, decide.

¡Después, tú te encargarás!, Antonia practica lo que va a decirle a Estela una vez que superen este impase.

¡Perdón!, dice todo el tiempo, sin saber muy bien a quién. ¿Izzy? ¿Sam? Pero además de mantener viva la nobleza de alma de su hermana, y el elemental sentido de decencia de Sam, las únicas breves inmortalidades de que llegarán a gozar, Antonia tiene que vivir la única vida mortal que sabe con certeza que tiene.

"Si trato de ser como tú, ¿quién será como yo?". Los dichos judíos, en yiddish, de la abuela de su terapeuta viven ahora en la mente de una desconocida que la señora jamás llegó a imaginar cuando era una niña en los campos de concentración.

A mediados de mayo, Estela se muda. La casa vacía se llena con el desorden de otras dos vidas, una de ellas sin la menor idea de la existencia de una división divina entre la noche y el día. Con algo de estímulo, y pequeños incentivos de dinero extra por ayudar con esto o lo otro, Mario empieza a aparecer con frecuencia. Antonia adquiere el paquete en español de su proveedor de televisión por cable, que ofrece más de ochenta canales en español y más de ciento veinte en inglés, no solo para entretener a Estela mientras le da el pecho a la bebé en el sofá, sino también para engatusar a Mario para que, luego de terminar sus pequeñas tareas, con el dinero en el bolsillo, se quede a ver programas y telenovelas en la pantalla grande de la doñita, mucho mejor que el diminuto aparato con una vieja antena que dejaron abandonado trabajadores anteriores en el remolque. Desde su estudio, Antonia puede oír a los dos adolescentes animando a sus equipos preferidos, o boquiabiertos ante las artimañas de los narcotraficantes, o en silencio total cuando el noticiero les trae más noticias perturbadoras de la frontera que ellos algún día cruzaron.

Estela nombra a la niña Marianela. Una movida inteligente eso de ponerle a la chiquilla el nombre del novio contrariado que espera recuperar. Los amigos de Antonia comentan que Marianela es idéntica a su tocayo, creyendo que es el padre de la criatura. Pero sus amigos no han visto muchos mexicanos en la vida, así que bien puede ser que todas las personas de ese grupo étnico se les parezcan a quienes no comparten sus mismos rasgos. Sin embargo, tienen algo de razón. Hay un gran parecido… la misma quijada puntiaguda, los mismos hoyuelos y el leve rasgado asiático de los ojos. Tal vez no sea descabellado pensar que, en el pueblo pequeño del que provienen, el padre biológico sea un pariente lejano de Mario. Tal vez ese parecido, o el hecho de que la bebé parece encantada con él y se calma cada vez que este la carga, empieza a ablandar la rígida postura de Mario.

Antonia, a su vez, parece haber dejado la pesadumbre atrás. Eso comentan sus amigos, aliviados. A todo el mundo le gusta una resurrección.

Las invitaciones a cenar aumentan. Ella debe ser una mejor invitada ahora, supone. Excepto cuando se lanza a hablar de la situación de los trabajadores indocumentados en su propio condado, quienes cargan con el peso de la industria de lácteos de Vermont sobre sus hombros, o, en modo Casandra, sobre la inevitable muerte del planeta. Entonces puede llegar a ser tan cansona como el pobre Sam, y echar a perder el ambiente distendido de las reuniones de sus amigos.

Se ha hecho amiga de Beth Trotter, aunque esta es mucho más joven, en virtud de su lazo común cuidando de Estela y la bebé… un lazo que Antonia, huérfana de hijos, jamás ha experimentado, pero que a menudo ha visto entre mamás en el parque, que hablan sin parar y sin rodeos sobre cómo dar de comer o enseñar a ir al baño, o las opciones de preescolar, sin darse cuenta de que meten a todos los demás en los estrechos límites del área de juego.

¿Has pensado en convertir esta situación en un arreglo más permanente?, le pregunta Beth un sábado, camino a un taller en el Centro Zen.

¡Lo he pensado demasiadas veces!, se ríe Antonia, y deja ahí el asunto. Dado su destino de ese día, Beth tampoco toca más el tema.

Antonia se ha inscrito en una serie de seis talleres a los que Beth la invitó en ese centro, del cual es miembro. No me hará mal, se dijo para animarse. Los talleres, le aseguró Beth, no serían de zen puro y duro, ni tampoco de jugar a meterse en el traje de una religión oriental, sino actividades entretenidas y relajantes: hacer jardines de rocas, tai chi, dibujo a la tinta. El de ese día era de arreglos florales. Traigan sus propios floreros y flores, si tienen.

Antonia corta atados de flores del jardín, con la esperanza de que la profesora la ilustre sobre sus nombres. Pero esta, una estadounidense de expresión plácida y pelo cortado casi a ras del cráneo (¿será acaso una monja budista o una sobreviviente de cáncer?), habla muy poco. Deben dar vueltas alrededor de sus floreros, inspirando y exhalando, observando las flores, el follaje, sus ángulos, desde aquí y desde allá, ajustando el equilibrio. Antonia, a pesar de estar acostumbrada a su propio estilo de enseñanza, en el que las palabras y las estructuras que estas forman son el punto central, encuentra que disfruta ese remanso de silencio en medio de los rigores que implica construir el mundo a partir de las palabras. *Let it be, let it be...* la canción resuena en su mente. ¡Ahí va de nuevo, presa de la maraña de las palabras!

Desafortunadamente, ese sábado la pregunta de Beth desata todo un debate interno sobre qué hacer con Estela. ¿Qué es lo correcto? La pregunta suena y resuena en su mente, peor que las campanas que llaman a misa. Entre la orquídea pavorreal, el tallo de hierba de la pradera, las varitas del bosque que hay detrás del jardín zen, no consigue el equilibrio de su arreglo.

De regreso a casa, Beth le pregunta si le gustó el taller.

Hay demasiado ruido aquí arriba, Antonia señala su frente, con el dedo. Mi mente lo bloqueó.

Lo siento, dice Beth, y pronto se entera de más, pues Antonia empieza a contarle su disyuntiva: Estela, la bebé, ¿sí o no?

Al final, lo admite: no me siento capaz.

Bueno, pues ahí tienes la respuesta, dice Beth con una certidumbre que deja el capítulo cerrado. No es de extrañar que fuera su arreglo floral el que cosechó reverencias de satisfacción de la profesora. Está muy bien creerse la madre Teresa de Calcuta si uno es la madre Teresa de Calcuta, explica su amiga.

"Si trato de ser como tú, ¿quién será como yo?". ¿Hay un adagio zen que diga eso?

Tal vez. Beth se encoge de hombros. Eso dice un imán en mi refrigerador. "Sé tú mismo. Los demás papeles ya están tomados".

Antonia suelta una carcajada. Gracias, dice, y se ríe de nuevo. Esto es terapia sin tener que pagar la cuenta… En otras palabras, amistad.

Beth tiene toda la razón. No importa lo encomiable y digno de alabanza que sea acoger a Estela y su nueva familia, si cuando Antonia se pregunta atormentada ¿Qué es lo que debo hacer ahora? no puede dar una respuesta clara. ¿Qué hay más allá del camino angosto, el pedacito, el sorbito, los dragones? El simple hecho de que ella no lo sepa todavía no quiere decir que deba dar el asunto por cerrado y decidirse por la opción obvia, aunque no le dé ninguna alegría. El mundo no necesita que haya una persona más en las filas de los deprimidos y rencorosos. Tras haber estudiado y enseñado historias y poemas durante toda su vida, ahora forma parte de su ADN el querer darle una forma precisa a la vida, el querer llenar el vacío en la línea que queda cortada: "Y terminé de saber, en ese instante…".

…

Como si el frágil planeta no supiera de su final inminente, el verano se despliega. Parece que toda cosa viviente capaz de retoñar y florecer estalla al abrirse, y llena el aire de fragancias, afincándose con fuerza en la tierra con raíces que a veces asoman del suelo, deseosas de ver también el inmenso cielo azul. Los días se hacen más largos, la luz se demora, como un niño que peleara con el sueño para disfrutar de un ratito más del día que se acaba. Antonia pasa horas sentada en el jardín, medio convencida de que puede oír cómo las mazorcas engordan en su envoltorio de hojas, las enredaderas crecen en el enrejado, y las abejas asedian a los pimpollos. Espera, cual animal entumecido, a que el calor del sol penetre, como cuando era niña y, luego de una caída, se quedaba tendida inmóvil en el suelo, antes de que llegaran el dolor y el miedo, a la espera de enterarse del daño que se había hecho, de lo que podría estar roto, de si estaba muerta o no.

Todos los días se comunica con sus dos hermanas. ¿Cómo les va, hermanitas? Discuten sobre la ceremonia apropiada para Izzy. Que si contratan un globo aerostático para dispersar sus cenizas a puñados desde el aire... que si salen a navegar en una canoa (a Izzy le encantaban las canoas) al centro de un lago, y las esparcen arrojándolas por la borda... ¡Disfruten!, habría dicho la propia Izzy. Cualquier cosa que proponen se queda corta ante el espectáculo fantástico que Izzy hubiera planeado. Pero ¿acaso ese comportamiento desbordado no era parte de su enfermedad?

¿Ahora me crees?, le había preguntado Mona a Antonia, no con el tono triunfal de quien ha demostrado su punto de vista, sino con la voz derrotada de quien desearía no haber tenido la razón. Una victoria pírrica, les había explicado Antonia a sus alumnos, es aquella que cobra tantas pérdidas que ganar termina por parecerse demasiado a perder. Una definición de la vida en nuestro planeta agonizante, pudiera decirles ahora.

Ya que no pueden ponerse de acuerdo en cuanto a la ceremo-

nia, Antonia divide los restos de Izzy (así los llaman los encargados de administrar oficialmente a los muertos), y cada hermana
recibe una bolsita para hacer con ella lo que mejor le parezca.
Antonia no tiene idea de lo que hará con la suya. Se le ocurre
dispersarlas en el jardín, pero eso fue lo que hizo con las cenizas
de Sam. Izzy querría algo más original, algo solo para ella.

Hacia el final del verano, las hermanas se reúnen para revisar
las cosas de Izzy que quedaron en el depósito que había rentado
cuando vendió su casa. Se avergüenzan de su propia codicia.
Todas quieren los vasitos de jugo que encajan uno en otro como
muñecas rusas, la lámpara con la pantalla fabulosa que se ilumina y se convierte en una bandada de mariposas, los extravagantes sombreros de Izzy y sus estolas de piel sintética, su cartera
de cuentas, su enorme buda estilo *art nouveaux*, recostado de
lado. No pueden tener a Izzy, de manera que acaparan todo lo
que pueden arrebatarse unas a otras, solo para descubrir, tras
llevarse el botín a casa, que no soportan tener las cosas de Izzy a
la vista, recordándoles que ella ya no está. Antonia organiza una
venta de garaje con todos los tesoros de Izzy y muchos de los de
Sam, regalando chucherías como extras cuando alguien compra
algo. A cada rato divisará a alguien en el pueblo con una gorra
de béisbol de los Cornhuskers o un llamativo chal amarillo, y se
verá levantando una mano, a punto de gritarles ¡SAM! ¡IZZY!

Entonces le parecerá que ellos están ahí, aunque algo desper-
digados. Es solo un asunto de dispersión. Antonia nunca sabe
cuándo volverán a aparecer. ¿De veras lo crees?, le pregunta
Mona, pues su mente racional combate con un anhelo desespe-
rado de llenar el agujero en su corazón.

"Bendito sea el espíritu que da esos saltos", Antonia cita a
Rilke, y suena exactamente como la sicoterapeuta viuda del
podcast, "porque en realidad vivimos en lo que imaginamos".

Supongo que tienes razón, dice Mona con vacilación.

12

❧

Cosecha

UNA VEZ MÁS, ANTONIA va conduciendo hacia Boston. Es un recorrido que ha hecho a menudo en los últimos meses. Donde termina el pueblo, pasa junto a varias casas con banderas ondeando al viento. Un lazo amarillo rodea un árbol con hojas de ese mismo color. 11 de septiembre, lo tiene muy presente. Sin sincronías, por favor. Que los problemas terminen ahí.

Esta mañana, la radiodifusora pública, NPR, informa, además de los recuentos conmemorativos de sobrevivientes y familiares de las víctimas, que unos huracanes azotan el Caribe y Chiapas, afortunadamente una zona más al sureste de donde vienen Estela y Mario. Aunque, ¿cómo puede uno anteponerle el adverbio "afortunadamente" a algo que ha dejado decenas de heridos y a miles sin techo? En la frontera, madres y padres que buscan asilo son devueltos. A quienes tienen la suerte de cruzar, les queda la mala suerte de que les quiten a sus hijos.

Junto con esas dos torres, el mundo que Antonia conocía colapsó. "Deambulando entre dos mundos, uno de ellos muerto / el otro, incapaz de nacer...", tantas palabras y obras que ha pasado una vida entera enseñando parecen ahora proféticas, como escritas a propósito de lo que ha estado sucediendo. Al menos, trata de consolarse Antonia, ni Izzy ni Sam tienen que vivir estos tiempos tan accidentados.

Pero también se pierden de ver las golondrinas y la bandada numerosa de parloteos que oscureció el día anterior el cielo del anochecer al remontarse desde el tejado del establo de Roger; la vista desde la ventana de su cuarto en la mañana, con la bruma que se despeja y deja ver las lejanas colinas, que cobran forma tras sobrevivir la noche; las intrincadas telarañas en la cerca de alambre de púas, los filamentos cubiertos de rocío resplandecientes, cual joyas bajo la luz; el repentino cambio en el aire cuando el viento se acentúa y los arces se tornan amarillos y rojos, y los niños van a la escuela con nueva parafernalia, pequeños batallones de colores brillantes que con sus gritos y risas le recuerdan la infancia que quedó atrás. El jardín aún muestra la exuberancia de las últimas flores del verano, germinadas de semillas que dejaron las del verano anterior: asteres, margaritas de colores, girasoles y un montón de flores de nombres que ya no le puede preguntar a Sam, ¿Cómo se llaman estas? A comienzos del verano, con ayuda de Mario y José, sembró unos cuantos vegetales... papas, maíz dulce, sus habichuelas preferidas... Estela ayudó a ratos, con la bebé en un cargador parecido al que las mujeres de su pueblo han improvisado durante siglos, amarrando a los bebés con un rebozo. Este, en cambio, lo compraron a un precio cuatro o cinco veces mayor, y nada de ese dinero fue a parar al lugar donde se originó el modelo.

Días atrás, Antonia había removido la tierra para sacar las papas de Sam, aún las llama así, aunque ese año fue ella con sus propias manos quien las había sembrado y cosechado. ¿Acaso volverá a usar ese verbo sin pensar en el cuerpo de Izzy, abierto en canal, su corazón, sus riñones, su hígado metidos en una hielera para ser enviados a cualquier sitio del país donde alguien aguarde el don de la vida que le regalará su hermana?

¡Disfruta! Izzy siempre decía eso cuando sacaba uno de sus

estrafalarios regalos, de sus sorpresas extravagantes: ochenta y tres orquídeas, un riñón, un hígado, un corazón. ¡Disfruta, disfruta!

Ahora, Mario va sentado a su lado, limpio y bien peinado, vestido con una camisa planchada y unos jeans. Ha estado hablando sin parar, entusiasmado, lleno de planes, aparentemente sin acordarse de la otra persona que viaja detrás, que periódicamente, cuando Antonia alcanza a meterse en la conversación, trata de agregar algo.

¿Cómo están?, pregunta Antonia mirando por el retrovisor a Estela y la bebé, que juegan batiendo palmas. Estela junta las diminutas manos de su hija, mientras entona una canción. "A la una yo nací, a las dos me bautizaron, a las tres supe de amores, a las cuatro me casaron...", y así sucesivamente hasta la medianoche, cuando la protagonista muere de cáncer y su vida termina. Es una canción tremenda, que limita la vida de la niñita incluso antes de que empiece.

¡Por favor!, protesta Antonia. Cantémosle una canción diferente a Mari. Incluso en español, con una niña ajena, Antonia quiere que las palabras sean precisas. Vivimos en lo que imaginamos.

Deciden de común acuerdo cantar "Cielito lindo", y Estela mece a la bebé al ritmo de la canción, riéndose cada vez que Marianela suelta un gorjeo. ¡Ya sabe cantar!, exclama la madre, cubriendo de besos a su bebita tan lista. Es reconfortante ver ese retablo de madona adolescente con bebé en el asiento trasero. Los instintos maternales de Estela finalmente emergieron.

Antonia lleva a la familia al consulado mexicano, donde recogerán el pasaporte de Estela, recién expedido, y luego al aeropuerto de Boston, donde tomarán un vuelo a Ciudad de México, donde tomarán un avión de Aeroméxico hasta Tuxtla Gutiérrez, en Chiapas, y luego viajarán por tres horas en autobús, la bebé berreando y los dos jóvenes cansados, hambrientos e igualmente irritables. Con ayuda de la doñita, Mario abrirá un taller de reparaciones en Las Margaritas, y Estela volverá a estudiar enfermería, para convertirse en una "norsa", *nurse*, pues resultó tener especial habilidad para los idiomas, y ahora su español está salpicado de *Spanglish*. Una vez que se instalen, vendrá la boda, y ya recibieron el regalo, con el que podrán pagar la fiesta… Antonia no tiene la certeza de que esos planes se llevarán a cabo, pero decidió dejar el control de las vidas de otros en sus propias manos. Les prometió que estaría presente en la boda, y llevaría consigo cenizas para dispersar a modo de "bendición". Dado su interés en la situación de la muchacha, Izzy seguramente aprobaría.

Acaban de salir del pueblo, dirigiéndose hacia el sur por la carretera 7, cuando, a pesar de la calcomanía que dice que pagó su contribución al fondo del alguacil, Antonia ve las luces de una patrulla de policía del estado en el retrovisor. Se hace a un lado del camino, con el corazón golpeteándole atronador en el pecho. Tranquila, tranquila, se dice. Si los perros son capaces de oler el miedo, como Mona le ha dicho varias veces, también sucede con los agentes del orden. Se supone que los objetos están más cerca de lo que parecen, pero este patrullero se tarda una eternidad en recorrer la corta distancia entre su vehículo y la ventana que Antonia acaba de abrir.

Le sonríe amablemente al joven oficial, como si este solo estuviera haciéndoles una visita de cortesía en esa soleada mañana de septiembre. ¡Buenos días!, lo saluda.

El oficial asiente con la cabeza, en respuesta. ¿Sabía que iba conduciendo a 41 mph en una zona cuya máxima velocidad es 30?

¡41 millas! Exagera… seguro no iba a más de cuarenta. Pero, además de no contradecir a los locos y los iracundos, también es buena idea no discutir con la autoridad. Lecciones que deja la infancia bajo una dictadura. No era mi intención, oficial, lo siento.

El policía le pide a Antonia su licencia de conducir y su registro, y regresa a la patrulla para revisarlos. En otros tiempos, ella hubiera sacado su celular en ese momento para llamar a Sam. Sabes que el límite de velocidad es treinta en esa zona, la hubiera reprendido él.

Entonces da lo mismo que no pueda llamarlo, aunque el regaño hubiera venido acompañado de un rescate, una buena oferta. Alguien tiene que comportarse como adulto en esta situación, solía decir Sam cuando Antonia entraba en pánico ante algún problema. Ahora es cosa de ella tranquilizar a los dos pasajeros, Mario, a su lado, y Estela, atrás con la bebé. Están inmóviles y muy callados, como si así pudieran esfumarse en la nada. No se preocupen, repite una y otra vez. Todo va a salir bien. En todo caso, iban rumbo a México. El vaso medio lleno. El lado amable de las cosas. Actitudes y perspectivas sacadas del viejo baúl de avellano cual disfraces para distraer a los asustados niños que tiene bajo su cuidado.

Por el retrovisor, ve a Estela cerrar los ojos con fuerza, esa expresión que se dibuja en un rostro momentos antes de que se contraiga en llanto. Ay, doñita, por favor, lloriquea Estela, aferrada a su bebé. Mientras Antonia escuchaba NPR todo el verano, Estela absorbía los informes de Noticieros Televisa sobre la crueldad en la frontera. Los niños separados de sus padres y madres al cruzar.

¡Eso no va a pasar!, exclama Antonia de forma tan categórica, con una seguridad tan parecida a la de Beth Trotter, que Estela deja de llorar al instante.

El oficial regresa con los documentos de Antonia en la mano. Todo está en regla. Va a dejarla seguir así no más. Pero es una movida de gato y ratón, porque la deja libre, pero se inclina para mirar dentro del carro. Tiene la cara tan cerca de la suya que Antonia alcanza a oler algo como leche en el aliento del policía, hábitos de hijo de granjero. Su piel es tan blanca que

Antonia puede ver los capilares diminutos bajo la superficie. Una frase, tan pedestre que no podría llegar a ser una cita famosa, le cruza por la mente: "digno hijo de su madre". De manera inexplicable, el corazón se le hincha de ternura en ese instante inesperado, así como en su remota adolescencia hormonal se sentía de repente excitada en momentos inconvenientes, por ejemplo, durante un examen final, una entrevista de trabajo, en la fila de la caja en una tienda.

Entonces, ¿podemos irnos ya?, pregunta con excesiva timidez.

El joven oficial titubea. Su mirada examina el interior del carro. Un pasajero varón, moreno, en el asiento delantero, una joven morena encogiéndose asustada en el de atrás, abrazando a una muñeca diminuta (¿o será una bebé?), vestida con prendas con muchos volantes. Su rostro se tensa con autoridad. Se lleva una mano a la funda de su pistola, quizás anticipando problemas. ¿Y qué me dice de sus pasajeros?, le pregunta a Antonia.

¿Qué hay con ellos?, Antonia sonríe encantadora. La jovencita que podía salir de problemas con astutos trucos desapareció hace mucho en su cara de vieja. ¿Ellos? Los llevo al consulado en Boston y luego al aeropuerto. Van de regreso a México. No puede mostrarle al oficial los pasajes de avión porque los compró en línea. Pero pronto habrán cruzado la montaña y atravesado el bosque, en pleno vuelo, camino a casa, fuera de su jurisdicción.

¿Tiene papeles?, le pregunta a Mario, que voltea a mirar a Antonia para que le traduzca.

Tiene su pasaporte, explica ella. ¿Servirá, oficial? Claro que ella sabe que servirá únicamente si hay una visa estadounidense en sus páginas, y está segura de que no hay ninguna. Pero tal vez el oficial no se dé cuenta. A lo mejor faltó a esa sesión de capacitación cuando el ICE fue a informar a las autoridades locales sobre los detalles cruciales de las leyes de migración y aduana.

Veamos lo que tiene él. El oficial hace una pausa. ¿Son familiares? ¿Esposos?

Pronto lo serán, responde Antonia. Cree que si los hace ver como familia, saldrán mejor librados.

Y el bebé, ¿es suyo?, agrega el oficial, señalando a Mario.

Pronto lo será, contesta ella, sin darse cuenta de lo raro que suena. Quiero decir, tan pronto como se casen, será oficial. Le entrega el pasaporte de Mario, con la esperanza de que no mencione lo que justamente él pide a continuación.

El de ella también.

Estela aún no tiene pasaporte. Tiene una identificación consular, y el recibo que le dieron el mes anterior en la unidad móvil del consulado mexicano de Boston cuando Estela solicitó su pasaporte. En lugar de correr el riesgo de no recibirlo a tiempo para el viaje, prefirieron ir a recogerlo al consulado antes de seguir hacia el aeropuerto, poco después. Antonia le explica todo esto al oficial, permitiéndose nada más que una insignificante mentirita. Dice que Estela perdió su pasaporte, y que el nuevo los está aguardando en Boston.

Se da cuenta de que el policía no está muy satisfecho con el asunto, los capilares de sus mejillas se llenan de sangre, dos manchas rosadas, un rubor que en un contexto diferente ella hubiera encontrado enternecedor. El oficial toma los referidos documentos y va de regreso a su patrulla. Estela empieza a sollozar de nuevo, esta vez tan fuerte que tiene que jadear para respirar, y al sentir el miedo de su mamá Marianela empieza llorar a gritos.

Tienes que mantener la calma, por tu bebé, le aconseja Antonia.

Ay, pero, doñita, ¿y si se la llevan?

Nadie va a llevarse a Mari, asegura ella. Decide no añadir *over my dead body*, "sobre mi cadáver". De todas maneras, ellos no entenderían.

¿Podrían los del ICE apartar a Estela de su bebé? ¿Serían capaces de hacerlo? Estela es menor de edad. Hay más probabilidades de que Mario sea deportado, y tal vez se adelante a la madre y la niña en viajar a México. ¿Qué pueden hacerle los del ICE a ella? Antonia no lo sabe. Acusarla de transportar a extranjeros indocumentados… Publicaron un artículo en el periódico del pueblo, sobre un granjero y su esposa que iban en su carro y una patrulla los requisó y descubrieron que iban con Lourdes Morales. ¡Lulú! Antonia no sabe qué le sucedió a la pareja, pero Lulú fue a dar por unos días a la cárcel de la estación de policía, bajo la vigilancia del alguacil Boyer, antes de que alguien del ICE fuera a buscarla para llevarla a un centro de detención en Boston. El alguacil Boyer le había pedido a Antonia si podía acudir a la estación y servirle de traductora.

Dígale que no se preocupe, que nadie la va a lastimar.

Pregúntele si tiene sus papeles en regla.

Pregúntele si quiere algo de comer. El alguacil le había dicho a Antonia que Lulú no había probado la comida de la cárcel. No era que le sorprendiera, viniendo de alguien cuyo sabroso sazón se había hecho famoso.

Dígale que lamento mucho todo lo que está sucediendo.

Estaban hablando en la oficina del alguacil, luego de la entrevista de Antonia con Lulú en la sala de visitas. El radioteléfono deja oír crujidos y chasquidos todo el tiempo con voces y estática, oficiales que se reportan. En un momento dado, el alguacil tuvo que tomar una llamada, y cubrió la bocina con la mano para susurrar "los federales". Antonia aprovechó ese rato para examinar la oficina: pistolas, pilas de formularios, fotos del alguacil Boyer con todos los pesos pesados del pueblo. Su mirada fue a dar de repente en un frasquito de esmalte de uñas rojo, sobre una carpeta. Es el detalle curioso que abre una puerta hacia un alma ajena. ¿Acaso el alguacil era aficionado al travestismo? Le miró las uñas para ver si detectaba rastros de ese secreto. Nada. Pero era un policía. Seguramente sabía cómo deshacerse de las evidencias.

Antes de irse de la cárcel, no pudo resistir la tentación de preguntarle: ¿Para qué usa el esmalte de uñas?, dijo, señalando el frasquito con la quijada. Alguien, ¿quizás Izzy?, le había dicho que esa era una manera muy dominicana de señalar algo.

Al oírla, el alguacil soltó una risita. Con eso marco mis balas de salva para prácticas de tiro. No quiero que alguno de mis oficiales se lleve las municiones inútiles.

El mismo cuidado protector, la atención al detalle que lo había llevado a llamar a Antonia para pedirle que le preguntara a Lulú qué deseaba.

Lo que ella quiere es que cambien las leyes, alguacil. Quiere poder seguir preparando sus enchiladas y vendiéndolas, para así construir una casa que no se derrumbe cuando el siguiente huracán le pegue a México.

Esperan el regreso del patrullero. Los minutos se suceden. Hay algún problema, Antonia está segura de eso. Entonces ve las luces de otra patrulla que pasa junto a la primera y se estaciona delante de su carro, a un lado de la carretera. ¡Ah, caramba! Están en problemas de verdad si el primer oficial decidió llamar refuerzos. Ahora ella también siente que sería mejor unirse a los llantos del asiento de atrás.

¡Oigan, mi gente!, exclama Antonia llamando a la angustiada trinidad al orden. Tenemos que mantener la calma, *¿okey?* Le lanza una mirada a Mario, que ha estirado la mano para agarrar la manija de la puerta. ¡No vamos a salir huyendo! O lo próximo que sucederá es que la policía hará disparos de advertencia al aire, y después puede pasar cualquier cosa. Sucede todo el tiempo en las ciudades, y muy de vez en cuando en la tranquilidad de los pueblitos rurales. Hombres de piel morena, desarmados, con celulares o llaves de carro en la mano sospechosamente parecidos a un arma, que terminan muertos de un tiro.

No podemos hacer nada más que rezar. Como si lo hubiera aconsejado literalmente, Estela y Mario bajan la cabeza, entonando la oración que aprendieron de memoria sentados sobre el regazo de su madre, absortos en la cadencia incluso antes de poder entender el significado de las palabras, y menos aún el misterio que se confía que estas invoquen. Santa María, madre de Dios...

Mirando por el parabrisas, Antonia no puede evitar reírse de su pesimismo. Primero los pies, seguidos por su ancho torso, el alguacil Boyer sale de la segunda patrulla. Su sombrero choca con el borde de la puerta, y tiene que agacharse a recogerlo del suelo. Se endereza despacio, con la cara colorada, y se dirige a ellos. La expresión de su cara no muestra la menor sorpresa. Ya sabe que la viuda de Sam ha sido pillada manejando a exceso de velocidad a la salida del pueblo, con dos migrantes a bordo.

Se detiene junto a la ventana de ella y mira hacia el interior, estirando el cuello para alcanzar a verlos a todos. Hola, saluda en español a los ocupantes, que responden en un coro de murmullos, Hola. Me dicen que iba conduciendo a exceso de velocidad, mira a Antonia, fingiendo que le da una reprimenda.

Lo siento, supongo que no me percaté, se disculpa Antonia de nuevo. Explica la razón de la prisa. Debo llevarlos al consulado, y luego al aeropuerto de Boston, de lo contrario perderán su vuelo de regreso a México.

Bien, lo dejó bien claro: puede deshacerse de ese par de problemas así no más, y además aumentar las arcas de la comisaría. Tan pronto como le entregue su multa, ella seguirá su camino. Puede ser una situación en la cual todas las partes salgan ganando, ¿no es así?

Permítame ver qué puedo hacer. El alguacil le dirige un movimiento de cabeza a cada uno de los pasajeros, aunque solo

Antonia pueda entender sus palabras. Pero, como todos los que viven en las sombras, Mario y Estela dominan a la perfección los tonos de voz y las expresiones faciales. Suspiran aliviados en respuesta.

Cute little bambina, agrega. Preciosa niñita. Tiene un buen par de pulmones.

Señala con un gesto de la cabeza a la bebé, que chilla histérica, y que ha pasado al asiento delantero para ver si Mario puede poner a funcionar su magia.

Antonia mira al alguacil, que se dirige a zancadas a la primera patrulla, meneando la cabeza como si estuviera cansado de todo y todos, incluido su joven colega y su exceso de celo al detener a una conductora por un incidente insignificante de exceso de velocidad. Antonia alcanza a oír el diálogo, la rutina del policía bueno y el policía malo que tan bien conoce. Esta vez quiere que gane el policía bueno.

¡Mira, mira!, Mario le señala algo a la bebé, a quien ha estado haciendo rebotar en su pierna. ¡Un avioncito! Al principio, Antonia cree que Mario simplemente está tratando de distraer a la bebé que llora. Pero lo ve también. Arriba, en el cielo, se divisa el destello de un jet que va dejando una gratificante estela vaporosa.

Marianela parpadea, mirando al cielo. Durante un momento bendito, reina el silencio en el interior del vehículo. Antonia contempla la manchita en el aire que cruza el parabrisas y desaparece en un banco de nubes. En ese instante, la primera patrulla arranca y vuelve a la carretera para salir a toda prisa, como si partiera en persecución de otros fugitivos que van a bordo del diminuto avión.

El alguacil Boyer da una palmada en la parte trasera del carro de Antonia al acercarse a la ventana de ella.

Ya pueden irse, le dice, entregándole los documentos que el patrullero les pidió. Y luego, dirigiéndose a los pasajeros del

vehículo, agrega "Hasta la visa". Antonia tiene que morderse
los labios para no corregirle el error.

¡Espere un momento!, la detiene antes de que ella alcance a
arrancar y salir del borde del camino, y con un movimiento de
cabeza apunta hacia la ventana trasera y la calcomanía vencida.
Veo que este año no ha hecho su contribución al fondo. A Antonia le toma unos momentos entender a qué diantres se refiere.

Epílogo

TÉCNICA JAPONESA DE REPARACIÓN

Veamos el *kintsugi*, comienza diciendo el asiático de modales suaves y voz amable que dicta el último de los talleres zen. Tiene la piel morena y lisa, como una nuez recién sacada de su cáscara. Antonia desearía podérselo llevar a casa, como un amuleto para mantenerla a salvo de los dragones.

Es una técnica japonesa para reparar objetos, explica. Han recorrido todo el círculo, cada persona ha dicho su nombre. La mayoría son mujeres, nota Antonia, y el maestro le agrega el término "maestro" o "maestra" a cada uno de los nombres. Antonia maestra es la penúltima antes del maestro, que se presenta como "No maestro". Todo el grupo asiente respetuosamente.

Es un chiste, dice el No maestro, riéndose como un niño al que le hicieran cosquillas.

Levanta una fuente de barro en alto, como si estuviera a la espera de que cada quien hiciera su oferta para comprarla. Y entonces, asombrosamente, la hace pedazos contra una piedra de las del jardín zen que el sábado anterior habían aprendido a rastrillar para formar patrones. El grupo queda boquiabierto, pero el hombrecito echa la cabeza hacia atrás y ríe, para luego arrodillarse y recoger los pedazos. Unos cuantos de los asistentes se acercan para ayudar, pero el No maestro se inclina ante cada uno.

Es innecesario, dice en el mismo tono de voz juguetón.

Para pegar y reparar la fuente, el No maestro no planea usar pegamento trasparente que oculte las líneas y grietas entre trozos. Señala una hilera de cinco cuencos en una mesa baja, y luego inclina cada uno para mostrar lo que contienen: uno está lleno de una laca espesa color ámbar; otro tiene polvo de oro; un tercero, un líquido transparente que huele a trementina, otro, agua. La vasija más grande está vacía, y en ella mezcla la laca con el polvo de oro, y agrega varios chorritos de agua. Saca un banquito y se pone a trabajar, uniendo pieza por pieza, untando su pincel con la pasta resplandeciente, hasta que la fuente está reparada. La retícula de líneas doradas que se intersecan muestra dónde se quebró. El No maestro sujeta la fuente firmemente entre sus manos, aguardando a que el pegamento se seque. Es hora de meditar, dice, y cierra los ojos.

Antonia cierra los ojos. Se ve a sí misma cayendo desde el cielo, como el muchacho del poema que ella ha enseñado tal vez cien veces en su vida de profesora. Todas las cosas que va rompiendo en su caída vuelven a armarse. El pincel de un pintor corrige los errores, las líneas de las junturas mostrándose como líneas de poemas e historias que ella ha amado, evidencia del daño hecho.

No debería pensar en esas cosas. Debería meditar.

Es entera otra vez, anota el No maestro, despertándola de su ensueño, irradiando una sonrisa transformadora, su rostro una hoja llena de arrugas cual apuntes. Sostiene la fuente reparada. Por un instante, Antonia teme que vaya a destrozarla en mil pedazos de nuevo.

La fuente pasa de mano en mano en el círculo, y cada uno recorre las líneas doradas en relieve, el daño que se ha dejado visible. La fuente reparada cuenta una historia. Que estuvo rota, quebrada.

Es bella, concluye el No maestro.

"Estos fragmentos que he apuntalado en mis ruinas…
Shantih shantih shantih…".

—T. S. Eliot, *La tierra baldía*

También de

Julia Alvarez

En el tiempo de las
Mariposas

¡Yo!

Una boda en Haití

Había una vez una
Quinceañera